애
호
가
들

정영수 소설집

애호가들

창비

"그 사람들은 보이지 않는 것만 믿어요."
"그거 정말 웃기는 짓이로군요."

오스카 와일드 「살로메」

레바논의 밤

베이루트의 성벽 앞에 현자라 알려진 노인이 있었다. 어느날 한 남자가 그에게 물었다.

"왜 신은 우리에게 말을 걸지 않을까요? 왜 그의 뜻을 전달하지 않는 걸까요?"

그 말을 들은 노인은 벽을 가리키며 말했다.

"저기 벽을 따라 날고 있는 나방이 보이시오? 저 나방은 벽을 하늘이라고 생각하고 있을 거요. 당신이 만약 벽을 하늘로 생각한다면, 저것은 나방이 아니라 새겠지. 그게 아니라는 걸 우리는 알고 있소. 하지만 나방은 우리가 그것을 안다는 것은 물론 우리가 존재한다는 사실조차 모르지. 당신은 나방에게 그것을 알려줄 수 있겠소? 나방이 이해할 수 있는 방식으로 당신의 뜻을 전달할 수 있겠느냔 말이오."

"모르겠습니다. 나방에게 어떻게 의사를 전달할 수 있겠습니까."

노인은 남자의 말이 끝나자 손바닥으로 나방을 탁 쳐서 죽였다.

"보시오. 이제 나방은 우리가 존재한다는 것과 나의 의사를 알게 되었소."

*

장이 그 일을 하는 걸 직접 본 것은 아니다. 그가 찾아왔을 때 나는 신착도서를 정리하느라 애를 먹고 있었다. 한동안 논문 준비에 바빠 신경 쓰지 못했더니 어느새 책들이 무덤처럼 쌓여 있었다. 들어온 지 너무 오래돼 신착이라고 말하기 무색한 것들도 많았다. 참다 못한 관장이 아침부터 한소리 늘어놓았고, 나는 그가 쏟아붓는 금과옥조 같은(이건 그의 표현이다) 고귀한 잔소리를 주워삼켜야 했다. 그건 바꿔 말하면 다시 한번 나의 인생을 되짚어보는 시간을 가졌다는 뜻이다. 그런 이유로 장이 들어왔을 때 나는 매우 회의적인 기분이었다. 일년도 넘게 보지 못했던 그를 반갑게 맞아주지 못한 건 그 때문이었지 다른 이유가 있었던 건 아니었다. 그는 대출 데스크를 등진 채 아무렇게나 쌓인 책들을 정리하고 있던 내게 무심히 인사를 건네고는 서고 안으로 들어갔다.

소리가 들려온 건 그가 들어간 지 얼마 지나지 않아서였다. 나는 손끝이 얼얼해질 정도로 스티커 작업에 매진하고 있던 참이었다.

원래 찾는 이가 많지 않은 작은 도서관인데다가 이른 아침이라 실내는 먼지 내려앉는 소리가 들릴 만큼 고요했으므로 나는 그 소리를 똑똑히 들을 수 있었다. 무언가 딱딱하고 묵직한 게 바닥에 떨어진 듯한 충돌음이었다. 나는 장이 책 같은 걸 떨어뜨렸을 거라고 생각했다. 반사적으로 소리가 난 쪽으로 고개를 돌리긴 했지만, 책장이 시야를 가려 아무것도 보이지 않는다는 사실을 깨닫고는 곧 하던 일을 계속했다.

그런데 문득 책이 떨어진 소리라고 하기에는 너무 크고 둔탁했다는 생각이 들었다. 하지만 서고에는 커다랗고 무거운 책들도 있었다. 이를테면 『지도로 보는 타임스 세계 역사』나 『뿌슈낀 전집』 같은 책들 말이다. 어렴풋이 그것들이 그렇게까지 무거웠나 하는 생각이 들기도 했지만 곧 신경을 껐다. 앞에 쌓인 신착도서들을 처리하는 게 우선이었기 때문이다. 나는 사실 그가 무얼 떨어뜨렸든 제자리에만 돌려놓으면 아무 문제가 없을 거라고 생각했다. 내가 알기로 장은 믿을 만한 친구였다. 그는 자신이 떨어뜨린 것을 (그게 책이 됐든 뭐가 됐든) 제자리에 돌려놓지 않을 정도로 무책임한 사람이 아니었다. 한동안 서고 안쪽에서 부스럭대는 소리, 책들을 바닥에 내려놓는 소리, 힘을 쓸 때 자기도 모르게 비어져 나오는 신음소리 같은 것들이 탁하게 들려왔다. 도와주겠다고 말할까 잠시 고민했지만 먼저 부탁하기 전까지는 그러지 않기로 했다. 십분쯤 지났을까? 모습을 드러낸 장의 얼굴은 상기된 채였고, 구불거리는 앞머리는 이마에 엉겨붙어 있었다.

"곧 돌아올게."

그는 그렇게만 말하고 서둘러 문을 나섰다. 나는 장이 저지른 일을 눈으로 확인하기 위해 그가 있던 100번대 서가로 향했다. 그때까지만 해도 나는 막연하게 장이 비싼 책을 망가뜨리거나 했을지 모르겠다고 생각했다. 책장은 잘 정리되어 있었고 평소와 다른 점은 보이지 않았다. 창문 너머 매미가 희미하게 울고 있을 뿐 실내는 고요했다. 햇살이 창을 뚫고 들어와 책장을 핥고 있었다. 나는 데스크로 돌아가려다 눈에 띄는 책이 있어 별생각 없이 뽑아들었는데 그러자 책장 안에서 그것이 모습을 드러냈다. 오래된 책들이 만들어낸 먼지가 스며들어 공기에서는 텁텁한 맛이 났다. 에어컨은 안쓰러울 정도로 혼신의 힘을 다해 돌아가고 있었지만 더위를 식히는 데는 역부족이었다. 땀 한방울이 턱을 따라 흘러내렸다. 착각이 아니었다. 어제는 일요일이었고, 책장 안에는 시체가 있었다.

그때 문자메시지 도착을 알리는 신호음이 울렸다.

──에어컨 최대로 켜둬

장이었다.

책장을 넘기다보면 언젠가 그 너머에 있는 무언가를 발견할 수 있을 거라고 생각한 것은 사실이다. 공부를 계속한 것도 그런 이유에서였다. 하지만 정작 책장 뒤에서 모습을 드러낸 것을 보았을 때 나는 깜짝 놀랄 수밖에 없었다. 한편으로 생각해보면 이상한 일이 아닐지도 몰랐다. 언제나 그뒤엔 죽은 것들이 있었으니까. 살아 있는 것들은 바깥에 있고 이 안에는 늘 죽은 것들이 있었다.

생각할 수 있는 가장 쉬운 해결책은 경찰에 신고하는 것이었다. 장이 사람을 죽이는 걸 직접 본 것은 아니지만(가능성은 낮지만 시체를 가지고 들어왔을 수도 있다) 어쨌든 최소한 사체 은닉죄 혹은 유기죄라고 볼 수 있었다. 장은 분명히 믿을 만한 친구지만 일년 넘게 보지 못했고 얄궂은 운명이 그를 어떤 사건에 휘말리게 했는지는 알 수 없는 일이었다. 다음으로 생각해볼 만한 방법은 장이 돌아올 때까지 조용히 기다리는 것이었다. 어쩌면 충분히 납득 가능한 이유가 있을지 모른다. 세상에는 내 예상을 벗어나는 일들이 얼마나 많은가. 섣부른 행동으로 장이 누명을 쓰게 될 수도 있었다. 어쨌든 그는 돌아온다고 했고 연희와의 일 때문에 조금 멀어지긴 했지만 일단은 내 친구이기도 했다.

아무리 생각해도 또다른 방법은 생각나지 않았다. 일단 장을 기다려보기로 했다. 애초에 그걸 보지 못했다고 한다면 아무 문제가 없을 것이다. 나는 그런 건 보지 못했다. 나는 시체 같은 건 한번도 본 적이 없다. 에어컨을 세게 틀어놓은 이유는 그냥 날이 더워서이다.

그것은 164.3들236ㄱ부터 169.9지739ㄲ에 걸쳐 있었다. 165아225부(『부정변증법 강의』)를 뽑으면 고부라진 손이 보이고 166.8푸825와(『광기의 역사』)를 뽑으면 핏기 없는 발목이 모습을 드러내는 식이었다. 부릅뜬 눈을 가리고 있던 두꺼운 책은 『침묵과 사물』이었다. 장이 떠나고 나서 내가 무심코 뽑아든 책도 바로 그것이었는데 공교롭게도 (혹은 의미심장하게도) 장이 예전에 내게 추천해준 책이었다.

그 책은 요세프 도브로프스키라는 체코의 철학자가 쓴 것이었다. 그의 저서 중 우리말로 번역된 건 단 한권이었는데 그것이 바로 『침묵과 사물』이었다. 무명에 가까웠던 그의 인지도를 고려한다면 한권이라도 국내에 번역된 것은 기적에 가까운 일이었다. 그 책은 매우 두꺼울뿐더러 이해하기 까다로운 것으로 알려져 있었다. 장의 가방에는 늘 그 책이 들어 있었다. 도브로프스키는 박사과정을 밟고 있는 이들 사이에서도 그 난해함으로 푸꼬에 비견되곤 했는데 장은 자신이 읽은 어느 철학자보다 그가 더 매혹적이라고 했다. 나도 그 책을 읽으려 해보았지만 중간에 집어던지고 말았다. 내용도 내용이지만 무엇보다 번역이 형편없었기 때문이다. 요세프 도브로프스키는 체코어로 글을 썼는데 장이 가지고 있는 판본은 독일어판을 중역한 영문판을 다시 우리말로 번역한 것이었다. 그래서인지 문장이 매끄럽지 못한데다 비문도 심심치 않게 등장했다. 물론 흥미로운 대목도 있었다. 장이 내게 읽어준 부분이었다. 혼자 읽을 때는 그 부분이 재미있다고 생각하지 못했는데 장이 내게 읽어준 후에야 그렇다는 걸 알았다. 현자와 나방이 등장하는 일종의 우화였다. 저자는 그 이야기가 레바논에서 전해 내려오는 민담이라고 주석을 달아두었다. 그것은 우스갯소리 같기도 하고 우주적인 메시지가 담긴 아포리즘 같기도 했다. 뜻을 명확히 이해한 건 아니지만 나는 그 이야기가 마음에 들었다. 장은 이야기의 의미를 분명히 이해한다고 했다. 하지만 그는 의미를 이해하고 나면 그이야기의 의미에 대해 설명하는 게 얼마나 무의미한 일인지 알게되리라고 했다. 사실 공부를 계속했어야 하는 건 내가 아니라 장이었다는 생각을 하곤 한다. 연희와의 일이 아니었다면 그가 학교에남았을지도 모를 일이다.

처음에는 장이 철학을 전공했기 때문에, 아니면 우연히 그곳에있었기 때문에 그것을 100번대 서가에 숨겼을 거라고 생각했다. 그런데 시간이 지나자 그런 단순한 이유가 아닐지도 모른다는 생각이 들었다. 사람들은 이상할 정도로 그곳에 가지 않았다. 외진 곳에있는 도서관이라 원래 방문자가 뜸하긴 했지만 그렇다고 전혀 없지는 않았다. 하지만 주로 800번, 400번, 300번대 서가에서 책을 찾았고 100번대 서가에는 거의 들어가지 않았다. 생각해보면 오전이다 가도록 그 서가에 들어간 사람은 장 하나뿐이었다.

오후가 되자 온다던 장은 안 오고 연희가 왔다. 아직 장에게서는 연락이 없었다. 그녀를 본 것도 거의 일년 만이었다. 그녀가 최근 어떻게 살고 있는지는 알지 못했다. 얼마 전에 장과 헤어졌다는소식만 들었을 뿐이었다. 하루에 둘을 모두 보게 되다니 이상한 일이었다. 그녀는 책을 빌리러 왔다고 했다. 나는 그녀에게 혹시 장을만나러 온 것 아니냐고 물었다.

"아니. 못 들었어? 우리 헤어졌어."

나는 그 말을 듣고도 연희가 책장 안에 있는 것에 대해 알고 있지 않을까 생각했는데 몇마디 더 나누고 나서는 의심을 거뒀다. 내가 기억하기로 그녀는 거짓말을 잘하는 편이 못됐다.

그녀가 이 일에 대해 모른다고 했을 때 시체를 보여주는 것은 위험한 행동일 수 있었다. 그럼에도 내가 그녀에게 그것을 보여준 이유는 단 하나였다. 그녀의 반응이 궁금했다. 장이 그런 짓을 저질렀다는 사실을 알았을 때 연희는 어떤 표정일까? 악의적인 호기심이 분명했지만 억누를 수가 없었다. 하지만 그녀는 예상만큼 놀라지 않았다. 그래서 그녀가 책장 안쪽을 들여다보는 모습을 두근거리며 지켜본 나는 왠지 모르게 실망스러운 기분이 들었다. 그녀는 내가 한 거냐고 물었고 나는 화들짝 놀라며 장이 그랬다고 대답했다.

"장이 왜?"

그녀가 말했다. 나는 이유는 모르겠고 곧 돌아오겠다는 말을 남기고 나갔다고 했다.

"장이 돌아올까?"

"네 생각엔 어떨 것 같아?"

"몰라. 예전의 장이라면 아마 그러겠지. 지금의 장은 나도 몰라."

그건 나도 마찬가지였다.

나는 장과 연희가 서로를 안 것보다 더 오래 둘을 알았다. 하지만 셋이 어울리기 시작한 후로는 장과 연희가 서로를 아는 것만큼 나는 그 둘에 대해 잘 알지 못한다는 생각을 했다. 이제 연희도 장에 대해 모르고 나도 연희에 대해 모르는 걸 보면 우리는 서로에 대해 아무것도 알지 못하는 셈이다.

장은 종종 아무래도 철학자가 되는 것보다 치과의사가 되는 편이 더 나을 것 같다는 말을 하곤 했다. 왜 그러느냐고 물으면 존재론적 질문을 던지는 데는 철학자보다 치과의사가 더 낫기 때문이라고 했다. 신경치료를 받아보면 방법적 회의가 얼마나 개소린지알 수 있다는 것이었다. 연희는 그 말을 전해 듣고는 장을 한번 만나보고 싶다고 했다. 나는 장과 매주 하는 세미나에 연희를 초대했다. 말이 세미나지 맥주를 마시고 잡담이나 나누는 게 주된 일이었다. 그런데 연희가 온 날엔 장이 두시간 동안이나 메를로뽕띠에 대해 떠들어댔다. 나는 메를로뽕띠에 대해 별로 아는 게 없어서 잠자코 있었다. 내가 알기로 연희도 그 철학자에 대해 별로 아는 게 없었다. 이틀 후 연희는 내게 다음 세미나는 언제냐고 물어왔다.

연희는 함께 장을 기다리겠다고 했다. 나는 대출 데스크 안쪽에 의자를 하나 끌어다 주었다. 사람들이 시체를 발견하지 못하게 막는 일은 그리 어렵지 않았다. 혹시 누군가 그 근처를 기웃거리면 자연스럽게 다가가 어떤 책을 찾느냐고 물으면 그만이었다. 나는 그들이 말한 책을 꺼내주고 조심스럽게 그 자리에 다른 책을 끼워넣었다. 밀려 있는 신착도서를 정리해야 했으므로 망을 보는 일은 연희에게 맡겼다. 그녀는 딴청을 피우고 있다가 사람이 그쪽으로 다가가면 팔꿈치로 신호를 보냈다. 오전보다 마음이 든든했다. 그녀와 공모자가 된 것 같은 기분이 들었고, 그 기분이 나쁘지 않았다. 연희도 은근히 이 일을 재미있어하는 듯했다.

오후에는 관장이 다녀갔다. 신착도서 정리를 잘하고 있는지 확인하러 온 것이었다. 그는 여전히 한쪽에 쌓여 있는 책들을 보면서 왜 빨리 처리하지 않느냐고 했다. 그는 어딘가에 가려던 것 같았는데 연희를 보고는 몇마디 더하고 싶었는지 선 채로 한참 동안 설교를 늘어놓았다. 그는 여느 때 하던 소리로 철학 공부를 한다는 놈들은 책만 파고 앉아 있어서 진짜 세상은 볼 줄 모른다고 잔소리를 해댔다. 관장은 전쟁터에 나가면 제일 먼저 죽는 놈들이 먹물만 가득 찬 것들이라고 했다(당연한 얘기지만 그는 전쟁터에 나가본 적이 없다). 총알이 날아와도 멀뚱히 앉아서 딴생각만 할 놈들이라니까. 그러고는 연희에게 비전이 있는 남자를 만나라고 했다. 연희가 예를 들어달라고 하자, 그는 말 그대로 현실을 볼 줄 아는 남자 말이야,라고 말했다. 뜬구름만 잡다가는 처자식 굶겨 죽이기 딱 좋지. 그러고는 연희와 나를 짐짓 의심스럽다는 듯한 눈빛으로 바라보다가 일이 있어 먼저 퇴근하겠다는 말을 남기고 사라졌다.

평일이어서 찾아오는 사람은 많지 않았다. 중학생쯤 되어 보이는 아이가 100번대 서가와 가까운 책상에 앉아 한참 동안 스마트폰 게임을 하고 있는 것이 신경 쓰여서 열람실 안에서는 게임을 하면 안된다고 핑계를 대 쫓아낸 것을 빼면 별다른 일은 없었다.

연희가 도와준 덕분에 폐관시간 전에 신착도서 정리를 끝낼 수 있었다. 서가에 남은 사람이 없어 그녀는 새로 들어온 책을 무심히 뒤적거리고 있었다. 장에게서는 여전히 연락이 없었다. 전화를 걸어보니 전원이 꺼져 있다는 안내가 나왔다. 어쩌면 장이 오지 않을

지도 모른다는 생각이 들었다. 만약 그가 오지 않는다면? 모레도, 글피도, 그다음 날도 나타나지 않는다면? 아무리 에어컨을 세게 틀어둔다고 해도 곧 냄새가 나기 시작할 것이다. 하지만 내가 직접 그를 신고하고 싶지는 않았다. 더욱이 연희도 이 일을 알게 된 상황에서 내 손으로 굳이 장에게 피해를 주는 것은 피하고 싶었다. 나는 어서 장이 나타나기만을 바랐다.

폐관시간이 다 되어서 한 남자가 들어왔다. 나는 마침 등록을 끝낸 신착도서들을 책장에 모두 꽂아넣은 참이었다. 누군가가 문을 들어서는 것을 보고 혹시 장일까 기대해보았지만 아니었다. 키가 작고 통통해서 귀여운 인상을 주는 남자였는데 그는 들어서자마자 다급한 모양새로 100번대 서가로 직행했다. 그러고는 위아래로 훑어가며 책을 찾았다. 눈이 좋지 않은지 책들에 얼굴을 바짝 갖다대고 이리저리 살폈다. 다행히 아직 냄새가 나진 않는 듯했지만 그가 책장 가까이 얼굴을 붙이고 있었기 때문에 불안해졌다.

나는 초조한 기색을 드러내지 않으려고 애쓰며 그에게 찾는 책이 있는지 물었다. 그는 내 쪽을 돌아보지도 않고 자신이 찾겠다고 대답했다. 그래서 나는 폐관시간이 얼마 남지 않았다고 말하며, 내가 찾으면 더 빠를 것 같다고 다시 한번 찾는 책을 물었다. 그는 제목이 잘 기억나지 않는다고 했고 그럼 나는 저자 이름이라도 알려달라고 했는데 그것 역시 기억이 나지 않는다고 했다. 그는 기억을 떠올리려 애쓰는 얼굴로 그리 유명한 사람은 아니고 체코인가 어딘가 동유럽의 철학자라고 말했다. 나는 그가 찾는 책이 무엇인지 알 것 같았다. 그리고 그 책이 가리고 있는 것을 떠올렸다.

"아, 생각났어요. 『침묵의 사전』?" 그가 말했다.

『침묵과 사물』이겠지. 나는 반대편 책장에서 그것과 비슷한 두께의 책을 꺼내들었다. 그러고는 그가 찾는 책을 꺼내 그에게 건네며 다른 책을 빈틈에 슬쩍 끼워넣으려는데,

"어?"

그가 뭔가를 발견했다.

"이게 뭐지?"

그는 책을 받아들며 틈 사이를 들여다보았다. 나는 들고 있던 책을 재빨리 끼워넣었다. 그는 그 안에 뭔가 있는 것 같다고 말했다. 나는 무슨 말인지 모르겠다는 듯한 얼굴을 하며 이 상황을 어떻게 모면해야 할지 머리를 굴렸다. 무거운 (이를테면 『지도로 보는 타임스 세계 역사』 같은) 책으로 남자를 내리치는 장면이 떠올랐다.

"비둘기나 뭐 그런 거 같은데요?"

"설마요."

"아니, 분명히 뭔가 있었어요. 여기 어떻게 들어갔지?"

문득 차가운 에어컨 바람이 느껴지며 등줄기가 서늘해졌다. 그는 내가 끼워넣은 책 쪽으로 손을 뻗으려 했다. 나는 할 수 있는 한 최대한 침착하고 정중하게 그를 제지했다. 그리고 폐관시간이 다 되었으니 뭔가 있으면 나중에 확인하고 정리하겠다고 말했다. 남자는 손목시계를 들여다보았다. 그는 확실히 뭔가 있었다며 다시 한번 고개를 갸웃거리더니 이윽고 대출 데스크로 걸음을 옮겼다.

"뭔가 죽은 거였는데."

나는 그가 떠난 후 책을 꺼내서 안쪽을 들여다보았다. 분명 죽은
게 맞았다.

"묻자."

연희가 말했다.

"응?"

"저 사람 그거 봤지? 죽여야겠어."

"미쳤어? 어떻게 사람을 죽여."

정색하는 내 얼굴을 보고 연희는 비죽 웃었다.

"당연히 농담이지. 내 말은, 저거 말이야."

그녀는 턱으로 100번대 서가를 가리켰다. 누가 언제 또 저걸 발
견할지 모르니 어서 처리해야 한다는 말이었다. 나는 일단 장이 올
때까지 기다리자고 했다. 그녀는 이대로는 오래 못 버틴다며 장이
감옥에 가기를 바라느냐고 물었다. 나는 가야 하면 가야지,라고 대
답했는데 그녀는 시체가 아침부터 여기 있었으면 나도 공범이나
마찬가지라고 했다.

"사체유기죄가 더 클걸?"

"나 혼자라도 할 거야. 도와주든지 말든지. 어차피 오빠는 안한
다고 할 것 같았어."

연희는 여전했다. 그녀는 늘 곤란한 순간에 고집을 피우곤 했다.
나는 그녀가 무슨 생각을 하는지 알 수가 없었다. 하나 확실한 건

22

연희가 아직 장을 좋아하고 있다는 사실이었다. 결국 예전과 달라진 게 없었다. 여자에게 못난 남자로 보일까봐 시체를 묻으러 가는 남자. 그런 사람이 어디 있느냐고? 그게 바로 나다.

계획은 간단했다. 일단 퇴근한 뒤 한밤중에 몰래 들어와 시체를 빼내는 것이었다. 나는 도서관을 나서기 전 보안 카드키를 챙겼다. 장에게서는 여전히 연락이 없었다. 우리는 무엇을 하면서 시간을 보낼까 하다가 맥주를 마시기로 했다. 술을 마시면 시간이 좀더 빨리 갈 것 같았다. 나는 장이 올 때까지 시간을 끌어야겠다고 생각했다. 그래서 일부러 조금 멀리까지 나갔다. 꽤 오래 걸어 술집에 자리를 잡을 때까지 연희는 입을 열지 않았다. 그러고 보니 그일이 있던 날과 같은 상황이었다. 그때도 둘이서 술을 마시며 장이 오기를 기다리고 있었다.

장을 축하해주기로 한 자리였다. 그는 대학생 우수논문 선발대회에서 요세프 도브로프스키를 주제로 한 논문으로 상을 받았다. 장은 시상식 뒤풀이가 끝나면 곧바로 온다고 했고, 연희와 나는 먼저 만나서 그가 올 때까지 기다리기로 했다. 그녀가 장과 사귀게 된 후로 단둘이 만나는 것은 처음이었다. 한동안 말없이 맥주잔을 비우다가 나는 우리가 예전과 달리 어색한 사이가 되었다는 사실을 깨달았고 조금 서글퍼졌다. 서로 오래된 이야기들을 길어올리느라 애썼지만 대화는 이어지지 않았다. 맥주를 다섯잔씩 비울 때까지 장에게서는 연락이 없었다. 나는 그가 어서 왔으면 하는 마음과 오지 말았으면 하는 마음 사이에서 헤매고 있었다. 둘의 술잔이 동시에 비었을 때 연희가 자리를 옮기자고 했다. 나가서 걸으면 조금이라도 분위기가 나아질 것 같아 그러자고 했다.

평일이었지만 성탄절을 앞두고 있어 거리는 분주했다. 우리는 이따금씩 떨어지는 눈송이를 맞아가며 한참 동안 걸었다. 거리가 끝날 때까지 우리는 쉬지 않고 걸었다. 장의 집으로 가자는 말을 꺼낸 건 연희였다. 장이 늦게 올 듯하니 거기서 편하게 기다리다가 밤새 축하 파티를 벌이자는 것이었다. 나는 그녀가 장의 집 열쇠를 가지고 있다는 사실이 신경쓰였지만 날이 춥기도 했고, 좋은 아이디어인 것 같아서 그러자고 했다.

그런데 집에 들어가니 더 어색해졌고 우리는 더 퍼마셨다. 그러다 곧 취해버려서 그날 일이 또렷이 기억나지는 않는다. 그녀에게 내가 널 좋아하는 줄 알았느냐고 여러번 이야기했던 것이 기억난다. 장은 언제 오느냐고 미친 사람처럼 묻기도 했다. 그가 오기를 바라면서 했던 질문 같지는 않다. 우리는 장과 함께 마시려고 사온 술이 바닥날 때까지 마셨다. 냉장고를 뒤져보니 장이 사다놓은 맥주가 나와 또 마셨다. 우리는 술집에 있을 때 옆 테이블에 앉아 있던 중년 커플의 외모에 대해 우스갯소리를 했고, 우리가 처음 만난 날에 대해 이야기했고, 어린 시절 교회에서 보낸 성탄절에 대해 이야기했다. 그리고 왜 철학과에 들어왔는지 얘기를 나눴고, 이 집에는 또 어쩌다 들어오게 되었는지 이야기했고, 장에게서는 여전히 연락이 없었고, 할 이야기가 떨어져 텔레비전을 켰고, 둘이 잠시 멍하니 텔레비전을 봤고, 그녀가 텔레비전을 껐고, 우리는 섹스를 했다.

다음날 우리가 알몸으로 깨어난 뒤 우물쭈물 집에서 나와 함께 해장국을 한그릇 먹고 헤어질 때까지도 장은 나타나지 않았다. 내가 장을 멀리한 것은 그 일이 있고 난 후부터였다. 연희와는 이후로 몇번 만난 적이 있긴 했지만 그날에 대한 이야기를 나눠본 적은 없었다. 그날 일을 떠올리고 나니 왠지 장이 오늘도 오지 않을 것 같다는 생각이 들었다.

연희는 여전히 말이 없었다. 그녀는 골똘히 생각에 잠긴 얼굴로 맥주잔을 만지작거렸다. 나는 혹시 그녀가 시체를 묻기로 한 걸 후회하진 않을까 생각했다. 넌지시 물어보니 그녀는 자기 생각에는 전혀 변함이 없다고 했다. 나는 그녀가 여전히 장을 좋아하고 있는 것이 틀림없다고 생각했다. 그러자 둘이 왜 헤어지게 되었는지 궁금해졌다. 조금 어색한 기분이 들어서 할 말을 찾고 있던 차에 마침 잘되었다는 생각이 들었다.

"몰라?"

그녀가 갑자기 고개를 드는 바람에 나는 조금 당황했다. 그녀는 자기들이 왜 헤어졌는지 정말 모르느냐고 물었다.

"설마 나 때문이야?"

연희는 입을 열지 않았다. 내가 정말 나 때문이냐고 몇차례 묻고서야 그녀는 아니라고 대답했다.

"우리가 왜 오빠 때문에 헤어져?"

나는 혹시 그때 일을 장이 알게 되었느냐고 물어봤고 그녀는 내가 무슨 말을 하는지 모르겠다는 듯이 굴었다. 내가 '그때 그 일' 말이야, 하고 강조해서 말하자 그녀는 헛웃음을 지었다.

"오빠 여전하구나."

"내가 뭐?"

그녀는 더이상 아무 말도 하지 않았다. 나는 맥주를 들이켜며 장이 그런 짓을 저지른 이유가 연희와 헤어진 것과 관련이 있을지도 모른다는 생각을 했다.

시체를 끌고 나오는 일은 생각만큼 쉽지 않았다. 연희는 술집에서 나온 이후로 말수가 줄었다. 장에게서는 여전히 연락이 없었다. 나는 그녀를 어두컴컴한 서가 한쪽에 세워두고 삽을 구하러 갔다. 얼마 떨어지지 않은 곳에 시체가 있었는데도 그녀는 별로 무서워하는 기색이 없었다. 그러고 보면 옛날부터 연희는 겁이 없는 편이었다.

다행히 창고에서 쓸 만한 삽을 구할 수 있었다. 녹이 좀 슬긴 했지만 사용하기에는 무리가 없어 보였다. 삽을 도서관 입구의 화단에 숨겨두고 시체를 꺼내기 위해 서가로 향했다. 혼자 꺼내보려고 했지만 시체가 빳빳하게 굳어 있어 그러기가 쉽지 않았다. 연희가 머리 쪽을 잡고 내가 반대쪽을 잡았다. 예상보다 무거웠는지 책장 밖으로 그것을 끌어냈을 때 그녀는 한쪽 손을 놓쳤고 상체가 쿵 하고 바닥에 떨어졌다. 아침에 들었던 것과 같은 소리였다. 시작부터 등에서 땀이 났다. 사람이라는 게 원래 이렇게 무거웠나 싶었다. 장이 돌아왔더라도 내 도움 없이 이 일을 할 수는 없었겠다는 생각이 들었다. 나는 그 일 이후로 장이 나를 어떻게 생각하는지 알지 못했다. 그가 나와 연희 사이에 있었던 일을 알았을까? 연희의 태도로 볼 때 둘이 헤어진 것에 그때의 일이 어떻게든 영향을 끼쳤을 거라고 볼 수밖에 없었다.

시체를 묻을 장소는 멀지 않았다. 도서관 바로 뒤편에 야트막한 산이 있었고, 인적도 드물었다. 우리는 산길에서 벗어난 뒤 십분 정도 더 들어간 곳에 묻기로 했다. 연희와 내가 양쪽에서 팔을 받들어 만취한 사람을 부축하듯이 시체를 끌고 갔다. 키가 맞지 않아 자꾸 연희 쪽으로 기우는 바람에 내가 무릎을 굽히고 걸어야 했다. 가는 길에 아무도 만나지 않아 다행이었지만 꽤 힘이 들었다. 머리카락이 자꾸만 이마에 들러붙었다. 여름밤의 습한 공기 때문에 물속에서 허우적대는 듯한 기분이 들었다. 짧은 거리라고 생각했는데 예상보다 훨씬 오래 걸렸다. 연희는 마땅히 해야 할 일을 하고 있는 것처럼 묵묵히 제 할 일을 했다.

시체를 묻기에 적당한 장소를 찾고 땅을 한참 파내려갈 때까지 우리는 아무 말도 하지 않았다. 내가 뱉는 거친 숨소리만 귀가 울리도록 크게 들려왔다. 장에게서는 여전히 연락이 없었다. 땀이 온몸을 적셨다. 목구멍에서는 피맛이 났다. 그녀는 나와 얼마 떨어지지 않은 나무에 기대어 앉아 있었다. 밤의 짙은 그림자에 가려 그녀의 표정은 보이지 않았다. 하지만 그녀가 뱉어내는 침묵이 습한 공기보다 더 무겁게 나를 내리누르고 있었다. 내가 입을 연 건, 무슨 말이라도 해야 할 것만 같은 기분이 들었기 때문이다.

"그런데 말이야."

땅을 보며 삽질을 하고 있었지만 그녀가 내 쪽에 시선을 주고 있다는 것을 느낄 수 있었다.

"정말 나 때문인 거 아냐?"

"이 상황에서 꼭 그 이야기를 해야겠어?"

연희의 목소리에서 짜증이 느껴졌다. 도서관에서의 그녀가 아니었다. 하지만 말이 나온 김에 나는 사실을 알고 싶었다.

"그럼 그 일은? 그 일은 장이 알아?"

연희는 길게 한숨을 내쉬었다.

"그게 그렇게 중요해?"

"응. 나한테는 중요해."

"정말 알고 싶어?"

"너 너무 뜸 들인다."

"알아. 장도 안다구."

"언제부터?"

"그런데 그것 때문에 헤어진 건 아니야."

"그럼 왜?"

연희는 다시 말이 없었다.

이쯤 파면 될 것 같았다. 나는 삽질을 멈추고 구덩이 밖으로 나와 시체를 발로 밀어서 구덩이에 빠뜨렸다. 그것은 푹 고꾸라져 얼굴을 바닥에 처박은 모양이 되었다. 나는 잠시 그것을 바라보며 숨을 고르다가 퍼냈던 흙을 다시 구덩이에 퍼넣기 시작했다.

"그런데 넌 그때 왜 그랬던 거야? 술 때문에?"

"오빠."

연희가 입을 열었다.

"오빠 저 사람이 누군지 알아?"

그녀는 이제 막 구덩이 속에 처박힌 시체를 가리켰다.

"저 사람이 누군지나 알고 구덩이 속에 묻는 거냐고."

생각해보지 못한 질문이었다. 왜 그 생각을 못했을까? 하지만 얼굴을 확인하려면 구덩이 속으로 들어가 시체를 뒤집어야 했다. 선뜻 그럴 마음이 들지 않았다.

"……너 아는 사람이야?"

"오빠 늘 그런 식이야."

그녀의 목소리가 높아졌다.

"어떻게 그래? 어떻게 그렇게 아무 생각이 없을 수가 있어?"

나는 문득 삽으로 그녀를 후려갈겨 구덩이에 함께 묻어버리고 싶은 충동을 느꼈다.

"좀 차분하게 말해봐. 도대체 무슨 소리야?"

"장이야."

"뭐라고? 저게 장이라고?"

"장이 자달라고 했어. 오빠랑."

이건 또 무슨 소린가.

"오빠랑 한번만 해달라고, 장이 부탁했다고."

"도대체 왜?"

"장한테 직접 물어봐."

장에게서는 여전히 연락이 없었다.

"네가 말해봐. 어떻게 그런 부탁을 할 수 있어? 아니, 도대체 그런 부탁은 왜 들어준 거야?"

"그럼 오빠는? 오빠는 저걸 왜 묻어주는 거야?"

나는 그 말에 대답하지 못했다. 나는 어느 것 하나도 이해하지 못하고 있었다. 왜 장이 연희와 나를 같이 자게 했는지, 왜 내가 장을 위해서 얼굴도 모르는 이 사람을 묻고 있는지 말이다. 나는 장이 오늘 왜 도서관에 왔는지도, 그리고 왜 아직까지 연락이 없는지도 알지 못했다. 그는 어쩌면 내가 이 일을 대신 해주길 바랐을까.

파낼 때보다 메울 때가 훨씬 힘들었다. 어쩌면 파내는 데 힘을 다 써버려서 그런지도 몰랐다. 흙을 퍼나를 때마다 땀이 자꾸 눈으로 흘러내려 끊임없이 팔을 들어 닦아내야 했다. 정신없이 삽질을 하다보니 내가 무슨 일을 하고 있는지도 모를 지경이 되었다. 시간이 얼마나 지났는지도 알 수 없었다. 곧 해가 떠오를 것 같다는 느낌이 들었다. 아니 어쩌면 아직 멀었는지도 모른다.

일을 끝마친 뒤에야 나는 연희가 사라졌다는 것을 알아차렸다. 그녀가 앉아 있던 곳에는 짙은 나무 그림자만 남아 있었다. 주변을 살펴보았지만 그녀는 어디에도 보이지 않았다. 낮게 그녀의 이름을 불러보아도 대답은 돌아오지 않았다.

구덩이를 다 메우고 나서 적당히 주변을 정리한 뒤 나무둥치에 기대앉아서 숨을 돌렸다. 연희가 앉아 있던 곳이었고 나는 거기에서 조금 전까지 구덩이가 있던 자리를 바라보았다. 나뭇가지와 돌을 적당히 흩어놓으니 방금 무언가를 파묻은 곳처럼 보이지 않았다. 시체는 사라졌고 장에게서는 여전히 연락이 없었다. 남은 것은 내 손에 들린 녹슨 삽 한자루뿐이었다. 나는 삽을 나무에 기대어놓았다. 산에 들어와서 처음으로 매미소리가 들려오기 시작했다.

애호가들

진행 중인 강의만 모두 끝내면 더이상 강사 일은 하지 않을 생각이었다. 몇년 전부터 이 일이 내게 맞지 않는다고 느끼던 참이었다. 접속법 하나도 제대로 이해하지 못하는 학생들에게 세시간 동안 중세 스페인어에 대해 떠들어대는 일이나, 한 학기에 책 한권 거들떠보지 않는 아이들에게 로뻬 데 베가의 희곡에 대해 설명하는 일, 형편없는 수준에 성의까지 없는 리포트에 점수를 매기는 일이나, 성적입력 기간이면 밀려오는 억지투성이 메일에 일일이 대꾸해줘야 하는 일 등 모든 것에 진력이 났다. 내가 그럼에도 불구하고 이 일을 계속한다면 그건 혹시 언젠가 교수가 될 수 있지나 않을까 하는 기대 때문일 텐데, 요즘은 그에 대한 의욕조차 시들해진 게 월급 좀더 받고 정년이 보장된다는 점만 제외하면 교수라고 해도 하는 일은 시간강사와 전혀 다를 바 없다는 사실을 깨달았기 때문이다. 앞서 말한 지긋지긋한 일들을 평생 해야 한다는 점에서 보면 오히려 더 안 좋았다.

차라리 번역이 멍청한 학생들을 가르치는 것보다는 훨씬 더 보람 있는 일이었다. 몇년간 부업 삼아 스페인 문학을 번역해온 결과 나는 그 작업이 다른 어떤 일보다 내게 잘 맞는다는 사실을 알게 되었다. 그뿐 아니라 내 번역은 꽤 훌륭한 편이었는데 나만 그렇게 생각하는 게 아니라 내 담당 편집자도 그렇게 말했다. 그에 따르면 적어도 로뻬 데 베가의 작품만큼은 나보다 잘 번역할 수 있는 사람이 이 나라에는 없다는 것이었다. 그래서 나는 계획을 하나 세웠는데 조만간 지긋지긋한 강사 일을 때려치우고 스페인으로 날아가, 이를테면 그라나다 같은 곳에 볕이 잘 드는 이층 아파트를 구해 창 너머로 생기 넘치는 거리를 내려다보며 번역작업을 하는 것이다. 매일 아침 오래된 도시를 산책하고 까페에 들러 에스프레소를 한잔 마신 다음 창으로 선선한 바람이 불어오는 책상에 앉아 베가의 희곡을 천천히, 하루에 스무쪽 정도씩 번역하는 삶은 꽤 멋지지 않은가. 평생 그러겠다는 건 아니고 일년 정도, 운이 좋다면 이년 정도는 그렇게 할 수 있을 것 같았다. 다행히도 그 계획이 곧 현실로 다가올 조짐이 보였다. 얼마 전 편집자와 저녁을 먹는 도중에 그가 자그마치 천이백쪽에 달하는 로뻬 데 베가의 희곡선집 출간을 준비 중이며 역자를 물색하고 있는데 아무래도 나만한 사람이 없을 듯하다고 넌지시 운을 떼운 것이다. 그렇게 상세하게 기획에 대해 이야기한다는 것은 이 바닥의 법칙으로 봤을 때 계약서만 안 썼다 뿐이지 사실상 내게 의뢰를 한 것이나 다름없기 때문에 나는 겉으로는 그런가요, 하고 말았지만 실은 당장 일어나 뜀박질이라도 하고 싶은 기분이었다. 그 작업은 아무리 짧게 잡아도 일년은 걸릴 테고 연이어 다른 작업을 시작한다면 이년까지 그라나다에 머무는 것도 가능했다. 그렇게 되면 넌더리 나는 학생들과도 영영 안녕이었다. 내 머릿속엔 오로지 로뻬 데 베가와 그라나다의 볕이 잘 드는 이층 아파트뿐이었다. 그래서 나는 오영한이 교수 자리를 꿰찼다는 소식을 듣고도 아무렇지 않을 수 있었다.

나는 그 소식을 '근대 스페인 문학의 이해' 수업 종강모임에서 들었다. 내가 진행한 수업은 아니었지만 우리 학과에는 각 학기의 마지막 수업 뒤풀이에 강사들이 모두 참석하는 전통 비슷한 게 있었기 때문에 가게 되었다. 거기에는 오영한과, 타 학교 출신으로 이번 학기부터 수업을 하게 된 새로 온 강사 그리고 석사과정 중인 조현수가 있었다. 그외에 다섯명 정도 더 있었지만 내가 아는 얼굴은 그 정도였다. 일부러 조금 늦게 갔는데 너무 늦었는지 벌써 몇명 정도는 집에 간 모양이었다. 그런데 술자리에 도착하자마자 분위기가 평소와는 조금 다르다는 느낌을 받았다. 대화가 지나치게 오영한에게 집중되어 있었다. 아무래도 이상해서 새로 온 강사에게 내가 오기 전에 무슨 일이라도 있었느냐고 물었더니 그가 조금 호들갑을 떠는 말투로 오영한의 조교수 임용 소식을 말해주었다. 아직 정식으로 발표는 안했지만 사실상 결정은 됐고 다음 학기부터는 지도학생까지 받는다는 것이었다. 나는 물론 동요하지 않았다. 하지만 내가 그 소식을 듣고 놀라지도 않았다고 한다면 거짓말일 것이다. 아무리 이 나라 인문대학이 사대주의에 찌들어 유학파라면 깜빡 죽는다고 해도 아직 서른다섯도 되지 않은데다 강의를 시작한 지 삼년도 채 안된 햇병아리가 교수라니 웃기지도 않는 일이었다.

그 이야기를 듣고 나니 눈앞에 펼쳐진 풍경이 더욱 가관이었다. 학생 서넛이 오영한 주위에 둘러앉아 눈을 빛내며 그 인간의 말 한마디 한마디에 꼼꼼하게 추임새를 넣어주고 있었는데 특히 조현수가 제일 신난 것 같았다. 그놈이 내 수업을 세 학기 연속으로 들었을 뿐 아니라(거기다 그중 하나는 청강이었다) 종종 진로나 연애에 대한 상담도 요청하고 심지어는 자기가 쓴 평론을 보여주기도 했던 걸 생각하면 조금은 당황스러울 정도였다. 이번 학기에는 안 보인다 했더니 오영한의 수업을 들은 모양이었다.

어쨌든 소식을 듣긴 들었으니 오영한에게 다가가 축하한다고 말해주었다. 그는 유난스러울 정도로 대수롭지 않은 말투로 이게 뭐 축하할 일인가요,라고 대답했다. 나는 반사적으로 무슨 소리야 교수 못돼서 안달인 사람이 얼마나 많은데,라고 마음에도 없는 소리를 했는데 말을 하고 보니 내가 꼭 그 교수 못돼서 안달인 사람처럼 느껴졌을 것 같다는 생각이 들었지만 정정하겠답시고 한마디 더 했다가는 오히려 괜한 오해나 살 듯해서 그만두었다. 어쨌든 오영한이 그렇게 겸손하게 나오니 나는 더 보탤 말이 없어서 머쓱해진 채 제자리로 돌아와 앉았고 그다음부터는 맥주나 마시는 것밖에는 더 할 일이 없었다. 새로 온 강사와 이야기를 나누긴 했는데 관심사도 잘 안 맞고 해서 대화는 좀처럼 이어지지 않았다. 그는 유머감각이 부족하고 무슨 말을 해도 쓸데없이 긍정적으로(그럴 수도 있죠, 다 잘될 거예요, 요즘 다들 힘들죠 뭐, 그래도 그 정도면 괜찮은 겁니다, 하는 식의) 반응하는 사람이었다. 그래서 점점 대화가 줄어들었고 나중에는 맥주 한모금 마시고 옆 테이블에서 들려오는 웃음소리에나 귀를 기울이다가 다시 한모금 마시고 하며 시간을 보냈다.

왜 그랬는지는 모르지만 이차까지 따라가게 되었는데 그때쯤 되니 다들 취해 있었다. 특히 조현수가 제일 많이 취한 듯했다. 난데없이 주먹을 휘두르며 아무도 물어보지 않은 자신의 문학관을 펼치기 시작한 것이다. 그러면서 보르헤스가 어떻다느니 옥따비오 빠스가 어떻다느니 하더니 이어서 제삼세계의 향취가 나는 작가들의 이름을 나열하기 시작했는데(알베르또 푸켓이니 오라시오 끼로가니…… 기억도 잘 안 난다) 평소 대화를 나눠본 바로 나는 그놈이 그들의 작품보다는 그저 발음하기 어렵고 어딘지 그럴듯해 보이는 이름들을 들먹이는 걸 좋아할 뿐이라는 데 전 재산도 걸 수 있었다. 어느 순간 보니 말을 하고 있는 것은 조현수뿐이었다. 다른 사람들은 모두 그놈의 수다에 지칠 대로 지친 모양인지 아무도 입을 열지 않고 있었다. 나도 그때는 꽤 취한 상태였고 피곤하기도 해서 별말을 하지 않고 있던 참이었다.

그러다 마침내 새로 온 강사가(이름이 뭐였더라?) 긴 침묵을 깨고 입을 열었다. 그는 분위기를 전환하고 싶었는지 오영한의 교수 임용을 축하하자면서 일차 때 수도 없이 되풀이했던 무의미한 건배 제의를 또다시 했다. 그러면서 한다는 소리가 내 이름을 들먹이더니 다음은 선생님 차례입니다, 하는 것이었다. 갑자기 나한테 시선이 집중되었고 나는 다른 계획이 있다고 아까 그 선생과 대화할 때 이미 말했음에도 그따위 소리를 하는 저의가 궁금했지만 학생들 보는 눈도 있고 해서 적당히 넘어가려 했는데 그때 조현수가 혀 꼬부라진 소리로 내게 분발하셔야겠네요 선생님, 하고 말했다. 거기에는 명백히 조롱의 기색이 묻어 있었고 그 말을 들은 순간 나는 불현듯 끝간 데 없는 분노에 사로잡히고 말았다. 그다음에 내가 한 행동은 나 자신도 놀랄 만한 것이었다. 조현수에게 거의 욕설에 가까운 거친 말들을 퍼부어대기 시작한 것이다. 나는 그의 무례한 언사를 지적했고 진실하지 못한 태도를 비난했으며 조악한 현실인식을 까발렸다. 그러니까 나는 그가 오로지 남들에게 그럴듯하게 보이고 싶다는 생각만으로 제대로 알지도 못하는 작가들의 이름을 늘어놓는 짓거리를 하고 있다고 했고, 덧붙여서 지금까지 내게 제출한 그의 리포트들이 얼마나 조잡했는지, 나아가 내게 보여준 그의 평론은 또 얼마나 형편없었는지, 그것을 읽을 때 내가 얼마나 고통스러웠는지 하는 얘기를 거침없이 늘어놓았다. 그러는 동안 조현수는 얼빠진 얼굴로 나를 쳐다보고만 있었다. 이야기를 하다보니 점점 감정이 고조되었고 나중에는 내가 무슨 말을 했는지 기억도 나지 않을 정도로 아무 말이나 마구 쏟아냈다. 한참을 쉬지 않고 말했더니 발음이 꼬이고 숨이 찰 지경이었다. 나는 그 모든 것들을 쏟아낸 뒤 자리에 앉아 다시 맥주를 마시기 시작했고 그다음 일은 잘 기억이 나지 않는다.

다음날 눈을 떠보니 부재중 전화가 여섯통이나 와 있었다. 두통은 출판사에서 온 것이었고 나머지 네통은 은영에게서 온 것이었다. 웬일로 이른 아침부터 전화들인가 싶어서 시계를 보니 벌써 오후 세시였다. 머리가 지끈거리고 몸 여기저기가 쑤신 걸 보니 간밤에 생각보다 훨씬 많이 퍼마신 듯했다. 실내는 후텁지근했고 온몸이 땀에 젖어 끈적거렸다. 커튼을 쳐두어서 빛이 방 안까지 들어오지는 않았지만 창밖에는 햇볕이 뜨겁게 내리쬐고 있는 모양이었다. 문자메시지도 두개 와 있었는데 내용은 '어디야? 왜 전화 안 받아?'와 '제정신이야? 문자 보면 바로 전화해'였고 모두 은영이 보낸 것이었다. 나는 그것을 보고 점심에 그녀와 만나기로 했었다는 사실을 깨달았다. 중요한 약속은 아니었고 내 가죽소파가 너무 낡았다고 해서 같이 새 소파를 사러 가기로 한 것이었다. 나는 내 소파에 아무 문제가 없다고 생각하는데다 그런 곳에 돈을 쓰는 게 아까워 그럴 필요가 없다고 말했지만 그녀는 고집을 피웠다. 소파에서 나는 오래된 인조가죽 냄새를 견딜 수가 없단다. 퀴퀴한 냄새가 이렇게 진동하는데 어떻게 거기 앉아서 책을 읽을 수 있는지 모르겠다고 했다. 그 말을 듣고 보니 무언가 냄새가 나긴 했다. 그러나 거슬릴 정도는 아니었다.

그라나다에 가기 전에 해결해야 할 것이 하나 있었는데 바로 은영이었다. 아직 그녀에게는 내 계획에 대해 말하지 않았다. 보나마나 가지 말라고 할 것이고 어쩌면 (이것이 더 나쁜 경우인데) 같이 가겠다고 할 수도 있었다. 우리는 벌써 반년 전부터 자극 없는 지지부진한 만남을 이어오고 있었지만 마무리할 시점을 찾지 못하고 있는 상황이었다. 사실 뭐 급할 거 있나 하는 마음도 있었다. 우리는 의욕 없이 만나서 관성적으로 저녁을 함께 먹었고 가끔은 서로의 집에 가서 밤을 보내기도 했다. 그녀를 꽤 많이 좋아했던 시기도 있었는데 지금은 그런지 아닌지 잘 모르겠다는 생각이 들 때가 많다. 이렇게 미지근하게 지내다가 어영부영 같이 살게 되는 건 바라는 바가 아니었다.

나는 그녀의 화가 가라앉을 때까지 기다린 후에 연락해야겠다고 생각했다. 지금 당장 전화해봐야 좋은 꼴은 못 볼 테고 아마 저녁 때쯤 되어서 전화하면 적당히 마음을 추스른 상태일 것이다. 분노도 촉매가 있어야 지속적으로 타오를 수 있는 법이니까.

그것은 내 경우에도 그랬다. 나는 눈을 뜨자마자 지난밤 일을 후회했다. 도대체 내가 어떻게 그런 폭언을 퍼부을 수 있었는지 이해할 수가 없었다. 나는 살면서 누군가를 때려본 적도, 앙심을 품고 상처가 될 만한 말을 한 적도 없었을뿐더러 그런 짓을 할 만한 성격도 못됐다. 더 의아한 것은 내가 내뱉은 것과는 달리 조현수의 문학에 대한 이해나 애정이 실제로 부족하지 않다는 사실을 나 스스로도 알고 있었으며, 그가 보여준 평론도 미숙한 면이 있긴 했지만 그럭저럭 봐줄 만해서 은근히 다음 글을 기다리고 있었기 때문이다(그러나 이후에는 감감무소식이었다). 나는 그 일을 떠올리자 기분이 침울해졌고 조현수에게 사과를 해야겠다고 생각했다.

자리에서 일어나 샤워를 하고 커피를 한모금 마시고 나니 기분이 조금 나아졌다. 출판사에서 혹시 메일을 보냈을까 해서 확인해 보았지만 새로 온 메일은 없었다. 물론 전화를 한 이유는 물을 것도 없이 마감일이 얼마 남지 않아 진행상황을 확인하려고 한 것일 터였다. 두번이나 건 걸 보면 팀장이 아침부터 한마디 한 모양이었다. 얼마 전에 바뀐 담당자는 왠지 미덥지 못한 면이 있었다. 뭘 부탁해도 한번에 처리하는 법이 없고 메일을 보낼 때 종종 첨부파일을 빼먹었으며 이모티콘을 많이 사용하는 것으로 보아 초짜인 게 분명했다(베테랑 편집자는 메일에 절대 이모티콘을 쓰지 않는다). 원고는 얼마나 잘 봐줄지 두고 봐야 할 일이겠지만 지금까지 해온 것으로만 보면 시원찮을 게 뻔했다. 나는 필요하면 연락하겠지 싶어 출판사에도 전화를 걸지 않았다.

커피를 다 마시니 정신이 조금 들어서 책상 앞에 앉아 원고 파일을 열어보았다. 요즘 학기 말이라 리포트 채점이다 뭐다 해서 정신 없이 시간을 보내는 통에 번역에는 거의 손을 못 대고 있었다. 남은 분량을 가늠해보니 게으름을 피우지 않으면 사나흘 안에 끝낼 수 있을 것 같았다. 내가 번역하고 있는 원고는 로뻬 데 베가의 『베들레헴의 목동들』이라는 소설인데 중세 스페인어로 되어 있다는 점 말고는 별로 까다로울 게 없는 작품이었다. 나는 구텐베르크 싸이트에서 현대 스페인어판 텍스트를 구했고 그것을 참고하면서 수월하게 작업할 수 있었다. 이 작품은 이미 국내에 여러차례 번역된 바 있었는데 나는 기출간 판본들을 모두 찾아 읽어본 뒤 하나같이 쓰레기 같은 번역이라는 결론을 내렸다. 1980년대 말에 번역된 한 판본에 의외로 괜찮은 부분이 있긴 했지만 전체적으로 보면 형편 없기는 마찬가지였다. 그러나 나는 그것들을 구석으로 치워버리는 대신 옆에 두고 내가 번역한 문장들과 비교했다. 그 무엇에도 미덕은 있다는 게 나의 지론이었고 이러한 작업방식 때문에 내 번역이 더욱 완벽해졌다는 걸 생각하면 그간 형편없게나마 작업을 해준 다른 번역가들에게 차라리 감사할 일이었다. 어떤 번역가는 다른 판본을 전혀 확인하지 않는 것이 정도(正道)이며 그렇게 해야 자신만의 고유한 번역작품이 나올 수 있다고 주장하는데 내가 보기에는 황당한 생각이다. 번역에 번역자의 고유한 무언가가 들어갈 수 있다는 생각은 번역의 본질을 몰라도 너무 모르는 것이다. 오로지 작품 그 자체만이 스스로 고유하게 존재한다는 사실을 생각하면 기본적으로 그것이 어떤 언어로 되어 있든 각 언어가 지시하는 대상, 각 문장이 만들어내는 의미는 하나일 수밖에 없음이 당연한 이치다. 그러니 번역에서 가장 중요하며 사실상 유일하게 중요한 요소는 한치의 오차도 없는 '정확성'이고 이를 위해서 기존 판본을 참고하는 행위는 필수적이라 이 말이다. 어떤 이는 번역의 다양성을 옹호하면서 뿔 리꾀르가 『번역론』에 쓴 "같은 것을 다른 방식으로 말하는 것은 늘 가능하다"라는 말을 인용하기도 하는데 내가 보기에 그 문장에서 방점을 찍어야 하는 부분은 '다른 방식'이 아니라 '같은 것'으로, 이 말은 사실상 구조주의 언어학에서 말하는 '언어는 달라도 그것이 지시하는 대상의 본질은 동일하다'라는 말의 동어반복에 불과하다. 각기 다른 언어라 하더라도 의미를 지닌 최소단위의 단어는 하나의 방향성을 지닐 수밖에 없으며, 마치 직선과 곡선이 교차하며 복잡하게 얽혀 있지만 결국은 정가운데의 한점으로 수렴하는 거미줄처럼 서로 다른 세계의 언어가 하나의 의미를 지시하고 있기 때문에 그 선의 방향을 올바르게 지정하는 것이 번역자의 소임일 뿐 고유니 뭐니 하는 소리는 완전히 헛소리라는 말이다. 이 같은 사실 때문에 해럴드 블룸을 위시한 혹자들이 '번역은 불가능하다'느니 '모든 번역은 오역이다'느니 하는 것과 달리 사실 번역은 가능하며 심지어 언제나 가능하다.

번역에 대한 그릇된 인식은 학계에도 만연한데 이를테면 스페인 문학을 공부하기 위해서는 반드시 스페인어를 완벽히 이해해야 하고(이건 어느정도는 일리가 있는 말인데) 그러기 위해서는 스페인에서 학위를 받아야 하며(여기서부터 좀 이상해진다) 스페인어로 말을 하고 스페인 음식을 먹고 스페인어로 논문을 쓰고 그것을 스페인의 학회지에 실어야 한다고 생각하는 현상이 그것이다. 그러니까 이를테면 보르헤스 같은 작가를 완전히 읽어냈다,라고 말하기 위해서는 번역된 글이 아닌 그의 영혼의 손때(표현이 뭐 이따윈가 싶지만)가 그대로 남아 있는 원어 텍스트를 읽어야 하며 그렇게 해야 보르헤스의 미학, 의미, 가치 혹은 그게 뭐가 됐든 아무튼 그런 걸 모두 이해할 수 있다는 말이다. 물론 이는 잠꼬대 같은 소리에 불과한데 예를 들어 'Vamos a casa'라는 스페인어 문장을 '집에 가자'라는 우리말로 바꾸었다고 해서 미학적이나 의미론적으로 어떤 손실이 일어날 수 있다는 말인지 의문스럽다. 문장이 길어지면 좀더 다양한 선택지가 나타나겠지만 원문이 가리키는 의미와 어감을 가장 정확하게 표현하는 문장은 반드시 존재하며 그것을 찾아내는 게 번역가의 진정하고 유일한 역할이라고 할 수 있다. 하지만 그럼에도 여전히 잘못된 인식, 원어 근본주의에 거의 신앙과도 같은 믿음을 품은 채 그것을 강화하고 퍼뜨리는 일을 주저하지 않는 이들이 있는데 대표적인 인물로 공상영 교수가 있다. 그는 다름 아닌 기본도 안된 햇병아리 오영한을 단지 바르셀로나 국립학교에서 박사를 따고 구멍가게보다 못한 스페인의 이류 학회지에 소논문을 실었다는 이유만으로 교수 자리에 앉힌 장본인이다. 내가 학부생일 때만 해도 석사논문은 물론 박사논문까지 우리말로 쓰는 것이 장려되었는데 요즘에는 박사논문은 물론 석사논문까지 스페인어로 쓰기를 종용하니 문학의 심연을 탐험한다는 우리 학과의 설립목표를 생각하면 주객이 전도되었다고 하지 않을 수 없다. 어차피 모국어가 아닌 바에야 숙련된 번역가가 혼신의 노력을 기울여 '정확하게' 번역한 텍스트를 그대로 수용하는 것이 훨씬 효율적이고 합리적인 방법이 아닌가 이 말이다. 그러니 공 교수가 단지 오영한이 (심히 전략적으로) 스페인어로 논문을 썼다는 사실 하나만으로 그를 높이 산 건 머저리 같은 판단일 수밖에 없다. 이쯤에서 결론

적으로 연구자가 갖춰야 할 소양이 무엇인가 숙고해보면 당연하게
도 문학에 대한 심도 깊은 이해가 필요충분조건이 될 수밖에 없는
데 그 점에서라면 내가 보기에 오영한은 조현수보다도 못할 정도
로 빈약한 수준이었다.

조현수의 연락처를 알아내는 것은 어렵지 않았다. 학생처에 연
락해보니 내가 누군지 확인하지도 않고 전화번호를 알려주었다.
나는 그에게 문자메시지를 보냈다. 문자에 어느정도라도 사과의
메시지를 집어넣을까 고민하다가 그냥 학교 근처에 있다면 잠깐
만나고 싶다는 의사만 전했다. 이십분쯤 후에 답장이 왔는데(내게
우호적인지 아닌지 가늠할 수 없는 애매한 시간이었다) 지금 도서
관 대출대에서 일하고 있고 밤 열시나 되어야 끝난다고 했다. 나는
잠깐 들러 사과만 하고 돌아올 생각으로 집을 나섰다.

그런데 도서관에 가기 전 간단히 끼니나 해결하겠다고 들른 학
교 앞 일식당에서 내가 누굴 마주쳤느냐면 바로 공 교수였다. 그와
함께 식사를 하고 있는 사람은 아니나 다를까 오영한이었다. 혹시
나 마주칠까 하는 생각에(내가 왜 그런 생각을 했는지는 모르겠지
만) 학생식당을 피해 학교 밖에서 밥을 먹으려 했던 것인데 거기
서 딱 맞닥뜨려버린 것이다. 나는 못 본 척 지나가고 싶었지만 가
게에 들어서는 순간 문에 달린 종이 유난히 큰 소리를 내며 울렸
고 오영한과 공 교수가 동시에 내 쪽을 쳐다보았기 때문에 꼼짝없
이 인사말 정도는 나눠야 하는 상황이 되어버렸다. 공 교수는 이
우연한 만남을 조금 과도하다 싶을 정도로 재미있어하다가(기껏

해야 학교 정문에서 오십 미터도 채 떨어지지 않은 곳이었는데) 마침 내 이야기를 하고 있었다고 말했다. 들어보지 않아도 무슨 이야기를 했는지 알 수 있었다. 오영한이 내가 어젯밤 조현수에게 한 짓을 떠벌린 게 분명했다. 나는 공 교수의 말을 듣고서야 내가 왜 그를 마주치고 싶어하지 않았는지 깨달았다. 세상에서 소문이 가장 빠른 곳이 있다면 바로 학교일 것이다. 공 교수는 앉아서 같이 먹자고 했지만 나는 합석하고 싶은 마음이 고양이 오줌만큼도 없었기 때문에 급히 가봐야 할 곳이 있다고 둘러댔다. 식당 문을 열고 들어와서는 갑자기 급한 볼일이 있다고 돌아나가는 것만큼 황당한 일도 또 없겠지만 공 교수는 걸고넘어지지 않았다. 대신 갑자기 나를 진심으로 걱정하는 듯한 얼굴을 하더니 번역은 잠시 미루고 논문에 집중해보는 것이 어떻겠느냐고 했다. 자기도 나를 추천하고 싶지만 연구 실적이 부족해서 방법이 없단다. 그가 말하는 실적이란 이류 스페인 학회지에 하나마나한 소리를 길게 늘려놓기만 한 논문을 싣는 것이었다. 나는 설혹 내가 그렇게 한다고 해도 그가 나를 추천할 마음은 전혀 없다는 사실을 알고 있었지만 예 예 알겠습니다 그래야 하고 말고요 하고 적당히 대답했다. 그는 내게 한 이삼주라도 일을 내려놓고 푹 쉬다보면 기분이 나아질지도 모른다고 했다. 내 기분이 어떤지 자기가 도대체 어떻게 안다고 그런 소리를 하는지 알 수 없는 노릇이었지만 나는 다시 예 예 알겠습니다 그래야 하고 말고요 하고는 적당히 인사말을 남긴 뒤 얼른 식당을 빠져나왔다. 그가 내게 마지막으로 한 말은 다음 주에 오 교수의 임용 축하연이 있으니 참석하라는 얘기였다.

"물론입니다. 다른 사람도 아니고 영한이가 교수가 되었는데 당연히 가야죠."

하지만 당연히 가지 않을 생각이었다. 나는 아직 정식으로 발표도 안 났는데 벌써부터 오 교수라니 잘들 놀고 있다고 생각했다.

솔직히 말하면 나는 오영한이 스페인에 간다고 했을 때 무사히 학위를 마치고 돌아올 거라고 생각하지 않았다. 기껏해야 이년 정도 버틴 다음 엉터리 같은 핑계를 대면서 돌아와 유학파 행세나 하고 다닐 거라고 생각했다. 내가 오영한을 처음 봤을 때, 그러니까 내가 학부 삼학년생이고 그놈이 신입생이었을 때 그놈은 갓 서울로 올라온 시골뜨기였는데 전형적인 모범생으로 공부 말고는 할 줄 아는 게 없었고 뭘 해도 서툴러서 책상 하나도 제대로 옮길 줄을 몰랐다. 거기다 공부만 하느라 책 읽을 시간이 없었는지 문학에 대해서 아는 것도 전혀 없었다. 믿기지 않겠지만 오영한은 입학했을 당시 보르헤스가 누구인지도 몰랐다. 지금은 뭐하고 살고 있는지 모르겠는 내 동기 한놈이 나한테 야 얘 보르헤스도 모른대,라고 해서 나는 진심으로 보르헤스의 작품세계에 대해 그다지 아는 바가 없다는 뜻인 줄 알았다. 그런데 정말 그런 작가가 있다는 사실 자체를 모른다는 뜻이었다. 마르께스는 들어본 적이 있다고 했다. 그래서 나는 오영한에게 보르헤스를 읽어보라고, 그리고 시간이 남으면 마르께스를 읽으라고 말해주었다. 그러던 놈이 방학 때 무슨 짓을 했는지 가을 학기가 되자 라틴아메리카 작가들의 이름을 줄줄 늘어놓기 시작한 것이다. 나는 그때부터 이상하게 생각했는데 얼마 후에 어떻게 된 일인지 알게 되었다.

오영한과 내가 교양수업을 같이 들을 때 그에게 리포트인가 기말고사 족보인가를 빌려다 복사하려고 한 적이 있었다. 그가 가방에 있다고 하길래 얼른 꺼내서 가져가려는데 무언가가 딸려 나와서 보니 필기노트 같은 것이었다. 거기에는 수십명의 라틴아메리카 작가의 이름과 생몰년, 대표작과 작풍 같은 것이 작은 글씨로 꼼꼼하게 정리되어 있었다. 마치 수험생이 정리해놓은 핵심요약 노트 같았다. 나는 그것을 얼른 다시 가방에 집어넣었다. 왠지 민망한 장면을 봐버린 듯한 기분이었다. 나는 누구에게도 그것을 봤다는 이야기를 하지 않았다. 오영한에게도 마찬가지였다. 그런데 그는 내가 그걸 봤다는 사실을 알았던 것 같다. 그 이후로 나를 대하는 태도가 눈에 띄게 어색해졌기 때문이다. 작가들의 이름을 읊어대다가도 내가 나타나면 갑자기 머뭇거리거나 다른 이야기를 했다. 그러다가 나중에는 나와 거의 얘기도 하지 않을 정도로 거리를 두었고 그가 유학 가기 전에 있었던 환송회에는 나를 부르지도 않았다.

오영한을 다시 본 건 내가 박사과정을 마치고 모교에서 강의를 하고 있을 때였는데, 나는 그가 스페인에서 박사를 무사히 마치고 왔으며 나와 같이 강의를 하게 되었다고 해서 깜짝 놀랐다. 어렴풋이 그가 더이상 문학과는 상관없는 삶, 그러니까 어디 증권회사나, 전공을 살린다면 남아메리카에서 목재를 수입하는 무역회사 같은 곳에서 일하는 삶을 살고 있을 거라고 생각했으니까. 그런데 거의 팔년 만에 만난 오영한은 나를 대하는 태도가 영 이상했다. 서먹해하거나 어색해하는 게 아니라 아주 모르는 사람 취급했던 것이다. 처음 내가 반말로 인사를 건네자 그는 나에 대한 기억을 떠올리려 애쓰는 듯한 얼굴을 했다. 나는 딱히 친하게 지내고 싶은 마음이 있었던 것도 아니었기 때문에 그냥 그러려니 했다. 나는 오영한이 강의를 하는 것을 본 적이 없는데다가 다시 돌아온 뒤로 그와 거의 얘기를 나눠본 적도 없어서 현재 그의 스페인 문학에 대한 지식이나 애정이 얼마나 되는지 알 길이 없다. 솔직히 박사과정을 졸업한다는 게 얼마나 지난하고 고역스러운 일인지 알기 때문에 어느정도는 그를 인정하고 싶다는 생각도 들었다. 하지만 그럴 때마다 그의 가방에서 본 노트가 떠오르는 것은 어쩔 수 없었다. 그건 내가 어떻게 할 수 있는 일이 아니었다.

오영한에 비하면 차라리 조현수는 명석한 학생이었다. 조금 허세가 있긴 해도 문학을 대하는 태도 면에서는 진지한 편이었다. 나는 이번 학기에는 그를 보지 못해서 잊고 있었지만 조현수와 이야기하는 것이 꽤 즐거웠다는 사실을 떠올렸다. 생각해보면 학생 중에서는 물론이고 학교 전체에서 그처럼 나와 많은 이야기를 나눈 사람은 없었다. 조현수는 다른 학교에서 학사를 마치고 이곳 대학원에 입학한 학생이었다. 학부 때는 경영학인가 경제학을 전공했다고 했다. 그래서인지 오히려 문학이라는 예술형식 자체에 더 깊이 파고드는 면이 있었다. 그는 그러면서도 끊임없이 회의하기를 멈추지 않았는데 언젠가는 내게 그와 관련한 질문을 하기도 했다.

우리가 왜 스페인 문학을 공부하고 있는지 알 수가 없다는 것이었다. 우리가 17세기 스페인 문학을 연구하는 이유가 뭘까요? 21세기의 서울에 사는 우리가 베가나 께베도를 연구해서 뭘 어쩌자는 걸까요? 우리와는 전혀 상관없는 일이잖아요. 그러니까, 우리가 쓴 걸 과연 그들이 관심이나 가질까요? 우끄라이나 사람이 박지원의 소설을 연구해서 박사학위를 받는다고 하면 그것이 우리에게는 어떤 의미가 있죠? 그때 내가 그에게 무슨 대답을 해주었는지는 잘 기억나지 않는다. 그렇게 무의미하고 쓸데없는 게 바로 문학의 본질이니 뭐니 했던 것 같기도 하다. 우리는 어쩌면 그저 의미있는 것처럼 보이는 일을 하면서 시간을 흘려보내고 싶은 것뿐일지도 모르겠다. 적어도 「프란시스꼬 데 께베도의 시에 드러난 탈지성주의적 경향과 그 한세」 같은 제목의 논문을 쓰는 것이 정말로 의미있는 일인지는 알 수 없는 노릇이었다. 그에 비하면 번역은 논란의 여지없이 중요한 작업이었다. 특정 시대, 특정 언어권에서만 가치있던 작품을 다른 시대, 다른 언어권에도 존재하게 해 그것이 인류 보편의 가치를 획득하게 할 수 있는 유일한 행위는 번역뿐이기 때문이다. 그러니 문학을 수용하고 공유하는 과정에서 필요한 것은 오로지 번역밖에 없고 나머지는 있으나 마나 한 변죽일지도 모를 일이다. 그렇게 생각해보면 조현수가 제기한 의문은 꽤나 타당했고 거의 정곡을 찌른 셈이다.

여기까지 이르자 나는 조현수와 나의 우정이 내가 생각했던 것보다 더 깊을지도 모르겠다는 생각이 들었다. 그렇기에 지난밤 내가 그에게 한 말이 더욱 후회스럽기도 했지만 동시에 그가 내가 우려하는 만큼 화가 난 상태가 아닐지도 모른다는 기대를 품을 수도 있었다. 평소 우리의 대화는 늘 어느정도 신랄한 면이 있었고 지난밤에는 내가 술에 취한 상태였기 때문에(사실 지난밤 일이 모두 명확하게 기억나는 것도 아니었다) 그렇게 느껴질 뿐이지 보통 때와 크게 다르지 않은 어조였을 수도 있었다. 문자메시지의 답장이 조금 늦은 것도 서가 정리를 하다가 그랬을 가능성이 높았다. 이런 생각을 하고 나니 조금 마음이 놓였고 어느정도 가벼워진 마음으로 도서관에 들어갈 수 있었다.

그런데 도서관에 도착했을 때 조현수는 보이지 않았다. 대출대에는 조현수 대신 노랗게 염색한 머리를 양갈래로 묶은 여학생 하나만 앉아 있었다. 그녀는 내가 들어오자 스마트폰 화면을 서둘러 끄고는(아마도 게임 같은 걸 하고 있었던 모양이다) 내 얼굴을 바라보았다. 나는 그녀에게 여기서 일하는 남학생은 어디 갔느냐고 물었다. 그녀는 그가 두시간 전에 나갔다고 했다. 문자를 몇번 주고받고는 잠시 생각에 잠겨 있는 것 같더니 갑자기 급한 일이 생겼다면서 가버렸다고 했다. 그러고는 자신도 약속이 있는데 조현수 때문에 못 가게 되었다면서 불평을 했다. 나는 그녀의 불평이 끝날 때까지 그 자리에 서 있었다. 두시간 전이면 내가 문자메시지를 보낸 시각이었다. 내 연락을 받고 어디론가 달아나버린 것이다.

나는 은영에게 전화를 걸었다. 우리는 그녀의 집 앞에 있는 까페에서 만났다. 화가 나 있을 것이라는 애초의 예상과는 달리 그녀는 기분이 좋아 보였다. 소파에 대해서는 잊어버린 듯했다. 그녀는 새로운 소식이 있다고 했다. 나와 관련된 거야? 하고 묻자 그녀는 그럴 수도 있다고 했는데 나는 그 말을 듣고 곧바로 그 소식이 나와는 티끌만큼도 관계가 없는 일이라는 걸 알아차렸다.

그녀는 잠시 뜸을 들이다가 자신이 지방에 있는 대학에서 강의를 맡게 되었다고 했다. 교양과목이고 꽤 먼 곳에 있는 학교여서 차비가 강의료보다 더 들 테지만 어쨌든 경력에는 도움이 될 테니까,라고 그녀는 말했다. 내가 봐도 나쁜 조건은 아닌 것 같아서 축하한다고 말해주었다. 그녀는 몇년 동안 박사논문을 쓰지 못해 고생하고 있었고 실제로 돈을 벌지 못해서라기보다 자신이 서른이 넘도록 경제적으로 무언가 생산해낼 수 없는 인간이라는 사실 때문에 자괴감을 느끼고 있던 참이었다. 수업 하나 맡아봤자 버는 돈이라고는 뻔하지만 정신적으로나마 도움이 될 것이었다.

나는 그녀에게 오영한이 교수가 되었다는 사실을 말해주었다. 그녀는 나와 달리 놀라지 않았다. 일어날 일이 일어났다는 식이었다. 그녀는 오영한이 스페인에서 박사학위를 따고 논문을 『로스 빠뻴레스(Los Papeles)』(그 이류 학회지의 이름이다)에 실었다는 이야기를 들은 뒤로는 그가 어떤 일을 하든 놀라지 않았다. 그녀는 그가 나를 모르는 사람 취급하는 이유에 대해서도 납득한다고 했다. 나라도 '그런 걸' 본 사람은 잊고 싶겠어. 오히려 자기보다 그 사람이 더 불편한 상황일걸? 나는 도대체 자기가 왜 그 사람을 이렇게 신경 쓰는지 모르겠어. 그녀의 말에도 일리가 있었다. 하지만 나는 내가 오영한을 신경 쓰고 있다고 생각하지는 않았다. 그냥 학교에서 일어나는 이 모든 일들이 우스울 뿐이었다. 그 순간 나는 이 모든 일들이 정말로 지긋지긋해졌고 이제는 떠나야 할 시간이 되었다는 생각이 들었다. 강의도 모두 끝났으니 성적처리 같은 자잘한 일들만 정리하면 학교에 더이상 남아 있을 이유가 없었다. 그래서 나는 지금이 그녀에게 평소에 마음먹고 있던 말을 하기에 최적의 타이밍이라고는 생각하지 않았지만 그냥 지금 해버리는 게 낫겠다고 생각해서 이야기를 꺼냈다.

"우리 생각할 시간을 갖는 게 좋을 것 같아."

"뭘 생각해? 이미 하기로 했는데."

"그거 말고. 우리 관계에 대해서 생각해보자는 뜻이야."

그녀는 잠시 혼란스럽다는 얼굴을 했다.

"아니 왜 얘기가 갑자기 거기로 점프해?"

"모든 걸 다시 생각해봐야 할 것 같아."

"지금 헤어지자는 소리야?"

"그게 아니라 생각을 해보자는 얘기야. 이번에는 조금 오래."

그녀는 잠시 말이 없었다. 나는 그녀가 화를 낼 거라고 생각했는데 그러지는 않았다. 그저 가만히 앉아 있다가 가방을 챙겨서 까페를 나갔다. 나는 십분쯤 앉아 있다가 계산을 하고 집으로 돌아왔다. 집에 온 지 얼마 지나지 않았을 때 문자메시지가 왔다. 거기에는 '생각해봤어. 다시는 연락하지 마'라고 쓰여 있었다.

나는 그라나다에 가는 일을 앞당기기로 했다. 그래서 그후로 사흘 동안 번역작업에만 매달렸다. 『베들레헴의 목동들』을 끝내야 뭐가 되든 될 것 같았다. 그사이 조현수에게서는 연락이 오지 않았고 내가 은영에게 연락하지도 않았다. 나를 찾는 사람은 아무도 없었다. 나는 조금 홀가분한 기분이었다. 『베들레헴의 목동들』만 마치면 모든 것을 새로 시작할 수 있을 것 같았다. 그래서인지 번역작업도 평소보다 즐겁게 느껴졌고 새삼스럽지만 무언가 가치있는 일을 하고 있다는 기분도 들었다. 나는 오영한에 대해서는 더이상 생각하지 않았다. 어차피 나와는 이제 관계가 없는 사람이었다. 아니 애초에 관계가 있었던 적도 없었다.

출판사에서 전화가 온 건 내가 마침 번역을 다 마쳤을 때였다. 받아보니 그 신입 편집자가 아니라 편집부장이었다. 우리 집 근처에 올 일이 있는데 차나 한잔할 수 있겠느냐는 것이었다. 나는 원고를 끝내기도 한데다가 편집부장이 전화한 걸 보면 예전에 그 신입 편집자의 전임자가 내게 얘기한 로뻬 데 베가 희곡선집 얘기를 하려는 것 같아 흔쾌히 나가겠다고 했다.

만나기로 한 까페에 도착하니 편집부장으로 보이는 중년 남자와 서른이나 되었을까 싶은 남자가 앉아 있었다. 메일만 주고받고 실제로 본 적은 없었지만 어린 쪽은 그 신입 편집자가 틀림없었다. 편집부장은 처음에는 특별한 용건이 없는 것처럼 생각나는 대로 아무 얘기나 하기 시작했다. 이를테면 날씨 얘기라든가 최근 출판계 동향이라든가 하는 것들. 나는 그가 희곡선집 얘기를 꺼내기를 기다렸지만 그는 한참 동안 사설만 늘어놓고 본론으로 들어가지 않았다. 그는 그러다가 책을 한권 꺼내 테이블 위에 올려놓았다. 로뻬 데 베가의 『과수원지기의 개』였는데 꽤 오래전에 내가 번역한 책이었다. 그는 조금 망설이는 듯한 동작으로 그 책을 내 쪽으로 밀었다. 나는 영문을 모르겠다는 뜻으로 어깨를 한번 으쓱하고는 책을 들어 열어보았다. 아무 페이지나 펼치니 형광펜으로 줄이 가득 그어져 있는 것이 눈에 들어왔다. 얼마나 줄을 많이 쳤는지 노란 형광빛에 눈이 부실 정도였다. 편집부장은 곤혹스럽다는 얼굴로 다른 출판사에서 나온 판본과 내가 번역한 판본을 대조해서 이 같은 사실을 발견했다고 했다. 그러니까 줄이 그어진 부분은 다른 출판사에서 이미 나온 번역본과 정확하게 일치하는 부분이라는 것이었다. 그는 마치 당연한 수순이라는 듯이 내가 번역한 판본은 곧바로 절판시켰으며 그동안 애써주신 것도 있으니 손해배상 같은 것을 요청할 생각은 없다고 했다.

나는 화가 났다. 눈에 띄게 불편한 얼굴을 하고 있는 것으로 보아 그 초짜 편집자가 내 번역을 다른 판본과 대조한 장본인인 듯했다. 도대체 그놈은 뭘 안다고 그런 짓을 했단 말인가? 아니, 그건 그렇다 치고 편집부장까지 이렇게 나오는 것은 도무지 이해할 수가 없었다. 어떻게 편집자란 인간들이 번역이라는 행위에 대해 이토록 무지할 수가 있을까. 형광펜으로 그어진 문장들은 정확했고 더이상 손볼 필요가 없었다. 그 문장들을 바꾼다면 그건 원작이 표현하고자 하는 바를 변질시키는 일이 될 뿐이었다. 이미 나온 판본의 오백 문장은 바로 그런 정확한 문장들이었다. 나머지 삼백 문장은 명백히 틀린 번역이었다. 나는 그것을 완벽한 문장으로 대체했고 그래서 내가 번역한 『과수원지기의 개』는 완벽한 판본이 된 셈이었다. 이미 다른 책으로 나왔다는 이유 하나만으로 완벽한 문장들까지 틀린 문장으로 바꿔야 했을까? 웃기는 소리였다.

"그 문장들은 완벽했어요. 수정할 이유가 없었습니다."

그러나 편집부장은 계속 죄송하다고만 했다. 뭐가 죄송하다는 건지 알 수가 없었다. 내가 알 수 있는 건 로뻬 데 베가의 희곡선집 번역 일은 물 건너갔다는 사실뿐이었다.

나는 노랗게 빛나는 『과수원지기의 개』를 들고 집으로 돌아왔다. 오래 걸었더니 온몸이 땀에 흠뻑 젖어 있었다. 찬물로 샤워를 한 뒤 커피를 내리려던 차에 원두가 남아 있지 않다는 사실을 깨달았다. 나는 인터넷으로 새 원두를 주문했다. 그러고는 조교실에 전화를 걸어 오영한의 임용 축하연이 언제인지 물어보았다. 다음주 수요일이었다.

하나의 미래

오하나를 만났을 무렵 나는 매일 많은 양의 신경안정제를 먹고 있었고 그래서 늘 잠이 왔다. 일을 하다가도 어느샌가 나도 모르게 책상에 머리를 처박고 잠을 자고 있었다. 더운 여름이었고 집에 에어컨도 없어서 정신을 차려보면 땀에 흠뻑 젖어 있기 일쑤였다. 나는 도무지 원인을 알 수 없는 정신적 병증에 시달리고 있었는데 명확한 병명이 있는 것은 아니었다. 그전까지 나는 모든 정신질환에는 그럴 듯한 이름이 붙어 있는 줄 알았다. 이를테면 조현병이라거나 공황장애라거나 외상 후 스트레스 장애라거나 하는 식으로. 내 경우에는 그렇지 않았다. 불규칙적이며 다양한 증세가 나타났는데 그것이 심리적인 원인에서 비롯된 증상이라는 사실만 알 수 있을 뿐이었다. 그래서 주변에 내가 겪고 있는 고통에 대해 이야기할 때면 곤혹스러울 때가 많았다. 사람들은 한마디로 정의내릴 수 있는 병명을 원했고 나는 그걸 말하지 못했던 것이다. 나는 내 담당 의사에게 내가 앓고 있는 병이 무엇인지 이름을 말해달라고 했는데 그는 그냥 내가 심리적으로 불안정한 상태,라고만 했다. 그래서 사람들에게 나는 심리적으로 불안정해, 그러니까 나는 안정이 필요하다,라고만 말하고 다녔다.

나는 집에서 일했고 생필품을 사려고 가끔 외출할 때 외에는 거의 모든 시간을 집에서 보냈다. 시간을 보냈다고밖에 할 수 없는 게 정말 그때 내가 하는 주된 일은 시간을 보내는 것이었기 때문이다. 모든 건 지나가기 마련이니 얼른 이 시간이 지나가버려서, 이 알 수 없는 증상들이 나타나기 전, 원래의 나로 돌아가고 싶었다. 시간을 흘러보내면 미래가 아니라 과거가 온다는 말은 모순 같지만 사실이다. 원래 모든 미래는 과거를 품고 있는 법이니까.

내가 먹는 약들은 주로 알프라졸람과 발륨이 들어 있는 것들로 신경을 이완해주는 역할을 했다. 처음 약을 먹었을 때는 구원을 받은 듯한 기분이었다. 나를 괴롭히는 증상들이 사라지고 마음에 평화가 찾아온 것이다. 심신을 안정시켜주는 데에는 자낙스가 가장 효과가 좋았다. 우울증에 효과가 있는 파록스도 먹었고 불면증에 좋은 졸피뎀도 먹었다. 졸피뎀이 아니더라도 내가 먹는 대부분의 약은 불안증세와 수면장애 완화에 도움을 주는 것들이었는데 이 말은 그 약들이 나를 잠들게 한다는 뜻이다. 약들은 나를 구원한 대신 나를 마치 죽음과도 같은 깊은 잠에 빠져들게 했다. 그래서 깨어 있으려면 늘 사투를 벌여야 했고 나는 매번 그 사투에서 졌기 때문에 하루 종일 잠을 잤다. 오후 세시까지 자고도 또 잠을 잤고, 저녁을 먹으면 또 곧바로 잠을 잤다. 나는 정말이지 잘 수 있는 만큼 잤는데 그럼에도 깨어 있을 때에는 항상 정신이 몽롱했다. 당연히 내 생활은 엉망진창이었다.

나는 외주 편집자로 일하고 있었고 하루 종일 하는 일은 글을 읽는 것이었다. 글을 읽고 오탈자나 어색한 문장을 찾아내 고치는 게 내 일이었다. 한마디로 나는 끝없이 밀어닥치는 텍스트의 홍수 속에서 살고 있었다. 어떨 때는 과학서였고 어떨 때는 역사서였으며 어떨 때는 어린이용 학습서였고 어떨 때는 소설이었다. 닥치는 대로 일을 맡았지만 그래도 먹고살기에는 늘 빠듯했다. 외출을 거의 하지 않아야 버틸 만했다. 일은 몰릴 때도 있었고 완전히 손을 놓아야 할 만큼 없을 때도 있었는데 그 무렵에는 일이 많은 편이었다. 당시 내가 매일 봐야 하는 원고는 오비디우스의 『변신 이야기』였는데 무언가가 다른 무언가로 변신하는 이야기가 끝없이 나왔다. 원전 완역이라고 해서 라틴어를 그대로 번역한 것이었고 역자가 고풍스러운 어투를 충실히 살려놓은 바람에 안 그래도 힘든 나를 더욱 잠에 빠져들게 했다. 그래도 『변신 이야기』는 『일리아드』나 『오디세이아』에 버금가는 고전 중의 고전이었고 나는 그 이야기에 무언가 의미가 있을 것이라고 생각해서 특히 열심히 읽어보려 했다. 하지만 대부분은 졸면서, 혹은 책상에 머리를 찧어가면서 꾸역꾸역 읽어나갔기 때문에 제대로 기억하는 건 거의 없었다. 모든 것은 변한다. 변해야 하는 것은 언젠가 변한다. 변신하는 것들은 다 제정신이 아니다. 생각나는 것은 그 정도뿐이었다.

같은 문장을 스무번씩 읽어야 할 때도 있었지만 일을 하지 않을 수는 없었다. 일이 완전히 끊겨버릴까봐 들어오는 일은 거절할 수가 없었고 맡은 일은 제때 처리할 수가 없으니 교정지가 자꾸 쌓여 갔다. 그렇다고 약을 먹지 않으면 또 그것대로 죽을 맛이었다. 나는 불면증과 기면증 사이에서 늘 선택의 기로에 섰다. 약을 먹지 않으면 잠을 잘 수가 없었다. 숨을 제대로 쉴 수가 없었다. 근원을 알 수 없는 공포감이 밀려왔다. 물속에 있는 것처럼 세상 모든 사물이 느리게 움직였다. 시간은 아주 천천히 흘렀고 나는 늘 숨을 헐떡거렸다. 그래도 약을 먹으면 좀 나았다. 약을 많이 먹으면 좀더 나았고 아주 많이 먹으면 살 만했다. 둘 중 하나였다. 이 끝없고 지긋지긋한 시간들을 고스란히 겪어내거나, 약을 먹고 잠들어버리거나. 그래서 나는 매일 자낙스와 발륨과 파록스와 프로작과 졸피뎀을 먹었고, 늘 잠에 빠져들었다.

그즈음 나는 주이라는 여자와 가깝게 지내고 있었는데 그렇다고 아주 가까운 사이는 아니었고 가끔 연락이나 하는 정도였다. 나는 사람을 거의 만나지 않았기 때문에 그 정도면 가까운 편이라고 할 수 있었다. 그녀는 내가 한때 알고 지낸 희곡 작가(이제는 이름도 가물가물하다)의 여자친구였는데 셋이 몇번 저녁식사를 같이 하다보니 함께 어울리게 되었다. 시간이 지나면서 그 둘은 더이상 커플이 아니게 되었는데(막판에는 아주 볼만했다) 그 때문에 그들에 대해서는 잊고 지내다가 나중에 우연한 계기로 그녀와 다시 만나게 되었다.

나는 그녀의 이름을 트위터와 페이스북에서 종종 봤는데 아주 가끔 멘션을 주고받긴 했지만 지극히 피상적인 내용이었고 그냥 서로의 게시글에 '좋아요'나 찍어주며 무언의 대화를 이어오고 있던 참이었다. 그러던 중 그녀가 자신이 참여하는 영화제에 나를 초대하는 메시지를 보냈다. 나는 영화제라고 하니 왠지 대단한 일처럼 느껴져서 꼭 가야 할 것만 같은 기분이 들었고 그래서 가게 되었다.

그녀는 아마추어 연극 배우였고 몇번 자선 형태의 공연을 한 적은 있지만 정식으로 돈을 받고 진행하는 무대에는 서본 적이 없었는데, 어디서 어떻게 생활비를 조달하는지 서른살이 다 되어가도록 별다른 직업도 없이 그럭저럭 살아가고 있었다. 그런데 이번에는 연극이 아니라 단편영화를 찍었다는 것이었다. 그녀가 말한 영화제라는 곳에 가보니 그녀 같은 아마추어들끼리 돈을 모아서 영화를 찍은 후, 역시 자기들끼리 돈을 모아 까페 하나를 빌려 그럴 듯한 이름을 붙인 상영회였다. 영화는 대체로 형편없었는데 그 와중에 자기들끼리 감독님 배우님 하는 것이 우습기가 이를 데 없었다. 나는 그런 행태를 보고 있는 것만으로도 어색하고 불편해서 끝까지 앉아 있는 게 고역스러웠다. 배우라고 해도 일반인과 다를 게 없는 수준이어서 도무지 대사도 알아들을 수가 없을 정도였는데 자기들끼리는 재미있다고 박수를 쳐대며 영화를 관람했다. 그나마

주이의 연기가 지나치게 연극적인 것만 빼면 좀 봐줄 만한 편이었다. 적어도 대사를 알아들을 수는 있었으니까. 그래서인지 상영이 끝나고 있었던 GV(정말이지 할 건 다 했다)에서 주이가 가장 많은 질문을 받았다. 질문 내용은 잘 기억나지 않지만 별로 생산적인 건 아니었고 주로 사생활에 관련된 것들이었다. 상영회가 끝나고 다들 한잔하러 갔는데 나는 그런 분위기 속에 더 있다가는 머리가 이상해질 것 같았기 때문에 바쁜 일이 있다고 하고는 먼저 자리를 떴다.

나중에 주이가 거기 와주어서 고맙다며 밥을 사겠다고 해서(그녀의 친구들은 다들 그 영화제라는 것의 실체를 알고 있었는지 아무도 오지 않았던 것이다) 한번 만났는데 그러다가 이후에도 가끔씩 만나게 되었다. 나중에는 좀더 가까워져서 그녀와 같이 자는 사이가 되었는데 정식으로 사귄 것은 아니었고 몇번쯤 그러다가 서로 그런 쪽으로는 잘 맞지 않는다고 느껴서 더이상 같이 자지는 않고 가끔 연락이나 하는 사이가 되었다.

그런 일이 있었기 때문에 나는 그녀가 희곡 낭독모임에 같이 가보지 않겠느냐고 했을 때 전혀 달갑지 않았다. 또 그런 아마추어들끼리의 부흥회 같은 이상한 모임일 것 같았다. 그녀는 내가 사람을 만나지 않고 집에만 틀어박혀 이상한 책들이나 읽고 있어서 머리가 이상해진 거라고(그녀는 말을 할 때 남의 기분 같은 건 생각하지 않았다) 사회적 활동을 통해 심리적인 안정을 되찾을 수 있을 거라고 했다.

그녀가 말한 모임은 '바르샤바 낭독회'라는 이름이었는데 폴란드의 수도인 바르샤바와는 전혀 관계가 없을뿐더러 그다지 제대로 된 모임도 아닌 것 같았다. 정기적으로 모이기는 하는데 정해진 멤버는 없다고 했다. 주최자가 선정한 희곡 작품을 그때그때 시간 되는 사람들이 모여 역할을 나눈 뒤 읽고 헤어지는 모임이었다. 연기를 잘할 필요도 없고 지나치게 역할에 몰입하려 애쓸 필요도 없다고 했다. 그냥 한 작품을 처음부터 끝까지 읽는 게 목적이라는 것이었다. 그런 걸 왜 하느냐고 물었더니 주이는 막상 해보면 재미있고 뭔가 남는 것 같은 기분이 든다고 했다. 주로 고전 희곡을 읽기 때문에 문학적 소양이 쌓이는 것 같기도 하고 사람들과 사회적 활동(그녀는 이 말을 꽤 좋아하는 것 같았다)을 하는 데서 오는 정신적 고양 같은 것도 있고 여러 모로 괜찮다는 것이었다.

"낯선 사람들끼리 만나면 할 이야기를 찾고 억지로 대화를 이어나가야 하잖아. 우리는 그저 정해진 대본을 읽는 거야. 이야깃거리를 찾아야 한다는 부담 없이 몇시간 동안 대화를 나누는 거지. 나쁘지 않잖아?"

염려되는 부분이 없었던 건 아니었지만(진지하게 연기에 몰입하고 있는 사람들과 몇시간을 함께 보낼 자신이 없었다) 당시 나는 일도 손에 안 잡혀서 집에서 잠만 자는 게 일과였고 고전 작품들에는 관심이 있는데다가 그녀 말대로 '사회적 활동'이라는 걸 하다보면 내 증상이 조금은 나아질지도 모른다는 생각이 들어 일단 나가보기로 했다.

막상 가보니 생각보다 참여자가 많지는 않았다. 모인 사람은 나와 주이를 포함해서 단 네명뿐이었는데 그중 한사람이 오하나였다. 나머지 한사람은 모임의 주최자로 안경을 쓰고 이마를 앞머리로 덮고 있는, 어디서나 볼 수 있는 평범하게 생긴 남자였다. 그는 이런 모임을 주최하는 사람치고는 수줍음이 많아서 말을 거의 하지 않았다. 아직 서로 소개도 하지 않았는데 바로 낭독을 시작하려고 하는 바람에 주이가 나서서 소개를 시켜주어야 했다. 그러나 소개라고 해봐야 서로의 이름을 밝히는 정도여서 형식적인 절차는 금방 끝났고 곧 주최자가 나눠준 프린트를 들고 읽기 시작했다.

그날 읽은 희곡은 아리엘 도르프만의 『죽음과 소녀』였는데 칠레의 군부독재 치하에서 고문과 강간을 당한 빠울리나 쌀라스라는 여자가 민주정부가 들어선 뒤 우연히 자신을 고문한 로베르또 미란다라는 남자를 만나 복수를 한다는 내용이었다. 나는 그녀에게 처절하게 응징당하는 로베르또 미란다를 맡게 되었는데 비교적 대사가 많지 않은 역할이었다. 우려했던 것처럼 민망한 상황은 일어나지 않았다. 다행히 다들 연기라고 할 것도 없이 평이한 어조로 대사를 읽어나갔다. 주이는 그래도 배우랍시고 조금은 과장된 느낌이 있었지만 참기 힘든 정도는 아니었다.

두시간 정도 읽고 나니 낭독이 끝났고 다 같이 맥주를 마시러 갔다. 대화 내용은 주로 그날 읽은 작품과 낭독 자체에 대한 것이었고 그외 사적인 이야기는 거의 나누지 않았다. 주이는 내게 처음 낭독모임에 참여해본 소감이 어땠는지 말해보라고 했다. 솔직히 말하자면, 끝내주는 경험이었다. 그전까지 나는 연기를 해본 적도 없을뿐더러 책을 소리 내어 읽어본 적도 없었는데 여럿이 모여 그저 희곡 작품을 읽는 것만으로도 내가 다른 사람이 된 듯한 기분이 들었던 것이다. 같은 공간에 있는 사람들과 어떤 식으로든 연결되어 있다는 느낌이 들었다. 나는 내가 정말 빠울리나 쌀라스(오하나가 역을 맡았다)를 고문하고 강간한 의사가 된 듯했고 죄책감과 더불어 기이한 억울함 같은 감정을 느꼈다. 조금 어색했지만 흥미로운 경험이었다.

나는 기분이 좋아져서 맥주를 많이 마시고는 신나게 떠들어댔다. 주이에게 이 모임을 사랑하게 된 것 같다고, 바르샤바 낭독회의 정식 멤버가 되어서 기회가 될 때마다 낭독에 참여할 거라고 거창하게 선언까지 했다. 그런데 그렇게 떠들고 나서 심야 버스를 타고 집에 돌아오는 길에 웬일인지 갑자기 우울해졌다. 불현듯 회의가 밀어닥쳤다. 내가 말을 너무 많이 한 것 같다는 생각이 들었고 그 말들이 모두 헛소리처럼 느껴졌다. 외로운 사람 몇명이 모여서 사회적 활동이랍시고 음침한 지하 방에 모여서 희곡이나 읽는 게 아마추어 예술가들끼리 하는 부흥회랑 뭐가 다른가, 하는 생각이 들었던 것이다. 나는 집에 와서 샤워를 한 뒤 이불 속에 들어가 몸을 웅크린 채 한참을 울었다. 그리고 잠들기 전에 다시는 그런 머저리 같은 모임에 나가지 않겠다고 다짐했다.

그러나 나는 다음에도 그 모임에 나가고 말았다. 그것도 한번이 아니라 계속해서 나갔다. 모임에 나가서 유진 오닐의 『느릅나무 아래 욕망』을 읽고, 외젠 이오네스꼬의『수업』을 읽고, 아이스킬로스의『오레스테이아』를 읽고, 오스카 와일드의『살로메』를 읽었다. 주최자가 어떤 기준으로 작품을 선정하는지는 알 수 없었는데 우리가 읽은 희곡의 공통점을 굳이 찾자면 미친 사람이 등장한다는 것 정도였다.『느릅나무 아래 욕망』에는 남편의 사랑을 얻기 위해 자신의 아기까지 죽이는 여자가 등장하고,『수업』은 그야말로 제대로 돌아버린 교수가 자신의 집으로 찾아온 여제자를 농락하다가 식칼로 난자해 살해한다는 이야기이고,『오레스테이아』는 트로이 전쟁에서 돌아온 아가멤논을 아내인 클리타임네스트라가 도끼로 쳐 죽이는데 나중에는 복수의 여신들이라는 정신 나간 여자들이 등장하고 아무튼 난리도 아니었다.

결정적으로 내가 오하나와 어떤 정신적 결합(이 표현이 마음에 드는 것은 아니지만 달리 설명할 만한 단어를 찾기가 쉽지 않다)을 하는 계기가 된『살로메』역시 등장인물들이 모두 정상은 아니었다. 자신의 딸에게 구애하는 헤롯 왕, 살로메를 너무 사랑해서 느닷없이 자살해버리는 젊은 시리아인, 계속 똑같은 말만 되풀이하다가 결국 목이 잘리고 마는 요카난 등 전부 이상했지만 그중 가장 미친 사람은 역시 살로메였다. 생각해보면 오하나와 그만큼 어울리는 역할도 없었다. 살로메는 그녀가 말하는 건 무엇이든 들어주겠다는 헤롯 왕에게 그녀가 사랑하는 예언자 요카난의 머리를 요구한다. 그녀는 요카난의 아름다움을 찬미했다가 그의 추함을 경멸했다가 하며 계속 갈팡질팡 미친 소리를 하다가 결국에는 요카난의 머리를 받아내는 데 성공한다. 하지만 끝에 가서는 나도 죽고 너도 죽고 모두가 파멸에 이르게 된다는 이야기였다.

나는 요카난 역을 맡았는데(대사가 거의 없었다) 우스운 사실은 역에 너무 몰입한 나머지 순간적으로 오하나가 정말로 나를 사랑하고 있다는 느낌을 받았다는 것이다. 그녀가 그토록 간절히 원하는 게 요카난이 아니라 나인 것처럼 느껴졌다. 그 터무니없는 감정은 낭독이 끝난 후에도, 그러니까 요카난의 목이 잘리고 살로메가 병사들의 방패에 짓이겨져 참혹하게 죽임을 당한 뒤에도 쉽게 가시지 않았다. 생각해보면 그 감정은 쉽게 가시지 않은 정도가 아니라 그녀와 만난 그 여름 내내 지속되었던 것 같다.

나는 희곡을 몇번 같이 읽은 것을 제외하면 오하나와 거의 대화도 나눠본 적이 없었는데 그날 뒤풀이에서 처음으로 대화다운 대화를 나누게 되었다. 그녀가 고등학생이라는 사실도 그때 알게 되었다. 당시 나는 가벼운 흥분상태였고 덕분에 말이 많아졌다. 나는 끊임없이 글을 읽어나가지 않고는 살아갈 수 없는 저주받은 내 직업에 대해(물론 나는 무언가를 읽지 않고는 살 수 없을 만큼 읽는 것을 좋아했다. 하지만 무엇을 좋아하든 그것이 의무가 된다면 그 일을 계속 사랑하기는 어려운 법이다), 그리고 내가 겪고 있는 정신적 병증에 대해 이야기했다. 오하나는 내 이야기를 듣고는 반가워하며 자신도 나와 완전히 동일한 증상에 시달리고 있다고 했다. 그녀도 나처럼 호흡 곤란과 불면증, 마치 물속에 있는 것처럼 세상 모든 것들이 느리게 움직이는 듯한 기분을 느낀다는 것이었다. 나는 반가운 마음에 그녀에게 신경안정제가 어떻게 나를 구원했는지 간증을 쏟아냈는데 물론 죽을 듯이 잠이 쏟아지는 부작용에 대해서도 충분히 이야기해주었다. 그녀는 자신이 바라는 게 바로 그거라고, 죽은 듯이 잠만 자는 게 자신의 유일한 바람이라고 했다. 그러나 그녀는 나중에 대학에도 가야 하고 취직도 해야 하기 때문에 아무래도 정신과에는 갈 수 없다고 했다. 미친 사람 취급은 받고 싶지 않다는 것이었다. 그래서 나는 그녀에게 가장 효과가 좋은 자낙스를 몇알 나눠주었다. 오하나는 그 자리에서 맥주와 함께 그것을 들이켰다. 그러고는 한시간쯤 지났을 때 그녀는 잠이 온다고 했고, 나는 택시를 잡아 그녀를 집 앞까지 데려다준 뒤 집으로 돌아왔다.

며칠 후 오하나에게서 연락이 왔다. 그녀는 자낙스를 좀더 줄 수 없겠느냐고 했다. 약을 먹고 몇년 만에 처음으로 깊이 잠들 수 있었다는 것이다. 오하나는 내 집 앞까지 찾아왔고 나는 그녀에게 약을 몇알 더 건네주었다. 그후로 나는 그녀를 자주 만났다. 낭독회가 끝나면 집까지 바래다주기도 했고 모임이 없는 날에 따로 만나서 햄버거 같은 걸 함께 사먹기도 했다. 그때마다 나는 그녀에게 자낙스를 몇알씩 주었다. 그때쯤 나는 이미 약 없이는 살 수가 없는 상태가 되어서 병원 두군데를 돌며 약을 받았는데(정신과 의사들은 규정 타령을 하며 내게 필요한 만큼 충분히 약을 주지 않았다) 그녀 때문에 세군데로 늘려야 했다.

우리는 많은 대화를 나누었다. 주로 바르샤바 낭독회와 거기서 읽은 희곡들에 대해서, 그리고 우리가 먹는 약들에 대해서였다. 오하나는 나처럼 친구의 소개로 낭독회에 나오게 되었는데 그 친구는 요즘 모임에 잘 나오지 않는다고 했다. 그녀도 나처럼 처음에는 이 모임이 바보 같다고 생각했다고 한다. 이런 일이 대체 무슨 의미가 있는지, 다 큰 어른들이 어쩌자고 모여서 이런 짓이나 하고 있는지 우습다는 생각이 들었단다. 그런데 어쩌다보니 꽤 오랫동안 이 모임에 참석하고 있다는 것이었다. 우리 둘 모두 동의한 사실은 적어도 주최자의 작품을 고르는 안목만큼은 탁월하다는 것이었는데 그녀는 우리가 읽는 희곡들에 미친 사람이 등장하는 게 마음에 든다고 했다. 나는 희곡을 많이 읽어보지는 않았지만 어쩌면 모든 희곡에는 미친 사람이 등장하지 않을까, 아니면 사실 모든 문학 작품에는 미친 사람이 등장하는 것이 아닐까, 하고 말했다. 그녀는 그럴지도 모르겠다고 고개를 끄덕였다. 오하나는 사람들이 미치지 않고 이토록 긴 삶과 반복되는 매일을 견뎌내는 것이 너무나 놀랍다고 했다. 자신은 이제 겨우 열여덟살이지만 이미 백년은 산 것 같다는 것이다. 그녀는 끝없이 이어지는 하루하루가 지긋지긋하다고 했다. 아무리 해도 미래는 다가오지 않고 영원히 현재에만 머물러 있는 것 같다고. 나는 그녀에게 아직 네가 어려서 그렇다고, 나중에 삶이 어떤 식으로든 변할지도 모르지 않느냐고 말해주었다. 그런데 막상 내 삶이 어떻게 변했는가를 돌이켜보면 아무것도 변하지 않았다는 생각이 들었다. 나는 열여덟살에도 텍스트의 홍수 속에 있었고 지금도 마찬가지였다. 매일 반복되는 삶 속에서 서서히 죽음을 향해 떠내려가는 것밖에는 도리가 없었다. 나는 그녀에게 어쩌면 우리는 현재에 갇혀버린 것인지도 모르겠다고 말했다.

우리는 다가오지 않은 미래에 대해서는 할 이야기가 없었다. 우리는 늘 현재에 대해서만 이야기했고 그래서 나는 그녀가 앞으로 어떤 삶을 살아가게 될지 전혀 아는 바가 없었다. 그 말은 그녀가 지금까지 어떤 삶을 살아왔는지도 전혀 알지 못했다는 뜻인데, 미래와 과거는 연결되어 있고 과거를 안다면 미래를 알 수 있기 때문이다. 나는 그녀를 그해 여름 동안만 만났고 막상 헤아려보면 만난 횟수도 그리 많다고 할 수 없었다. 그 기간 중에 그녀가 무언가에 몰두하는 모습을 본 건 딱 한번뿐인데, 나는 그것이 그녀의 미래와 관련될 수 있는 유일한 일이었을 거라고 추측할 따름이다.

어느날 오하나는 내게 대학로에서 만나자고 했다. 나는 그녀에게 줄 약을 챙긴 뒤 집을 나섰는데 대학로에서 만난 그녀는 평소와 달리 조금 긴장한 것처럼 보였다. 그녀는 자신이 이곳에서 몇시간을 보낼 것인데, 그동안 나와 함께 있을 수는 없으니 다른 곳에서 시간을 보내다가 자기가 연락을 하면 다시 나타나달라는 것이었다. 그런데 연락을 할 수도 있고 하지 않을 수도 있는데 오후 다섯시까지 연락을 하지 않으면 그냥 집에 가달라고 했다. 왜 그래야 하는지 이유를 물었지만 그녀는 대답을 해주지 않았다. 나는 어차피 할 일도 있고 해서 그러기로 했다. 나는 근처 까페에서 육중한 교정지 더미를 풀어헤쳐놓고 『변신 이야기』를 보기 시작했다. 꽤 큰 프랜차이즈 커피숍이었지만 예상과는 달리 냉방이 시원찮았다.

한시간쯤 앉아 있다가 음악도 거슬리고 해서 다른 까페로 자리를 옮기려고 했는데 오랜만에 마로니에 공원이나 한바퀴 둘러볼까 하는 생각이 들었다.

거기에서 오하나를 보았다. 공원을 둘러보는데 그날따라 고등학생처럼 보이는 학생들이 여기저기 나무 그늘에 자리를 깔고 앉아 종이에 무언가를 열심히 쓰고 있었다. 잘은 모르지만 주변에 걸려 있는 현수막 같은 것을 보니 어떤 대학에서 주최하는 백일장이 진행되고 있는 모양이었다. 그 학생들 사이에 오하나가 있었다.

그녀는 바닥에 무릎을 꿇은 자세로 엎드려서 글을 쓰고 있었다. 날이 무척 덥고 정오를 지난 지 얼마 되지 않은 시각이어서 그녀의 이마에서는 땀방울이 쉼 없이 흘러내리고 있었고 그녀의 얼굴은 더없이 진지해 보였다. 그녀가 무언가에 그렇게 열중하고 있는 모습은 처음 보았다. 왠지 말을 걸면 안될 것 같아 나는 다시 다른 까페에 찾아 들어갔는데 다행히 처음에 갔던 곳과 달리 한적하고 시원했으며 음악도 잔잔한 피아노 연주곡이 나와서 작업을 하기에 괜찮은 환경이었다. 그런데 나는 원고를 조금 읽다가 아니나 다를까 잠이 들어버렸고 깨어나보니 시간은 여섯시에 가까웠다. 결국 일은 하지 못한 채 반나절을 잠으로 흘려보낸 것이다.

오하나에게서는 연락이 없었다. 나는 다시 마로니에 공원으로 가보았는데 학생들은 전부 사라지고 없었다. 공원 구석에 교복을 입은 학생들이 몇명 보여서 그쪽으로 가보니 그들은 백일장의 결과가 기록된 게시판을 보고 있었다. 대상과 우수상, 그리고 장려상 같은 항목에 작은 글씨로 이름들이 적혀 있었다. 나는 두번이나 꼼꼼히 그 이름들을 살펴보았지만 오하나라는 이름은 없었다. 오하나에게 전화를 해볼까 하다가 그만두었다.

나는 문득 점심도 먹지 않았다는 사실을 깨달았다. 그래서 편의점에서 샌드위치를 사서는 공원에 앉아 우유도 없이 한개를 다 먹어치웠다. 샌드위치를 먹는데 자꾸 땀이 흘러내려 샤워를 하고 싶어진 나는 집으로 돌아왔다.

그런데 돌아오는 길에 이상하게도 나는 터무니없을 정도로 극심한 외로움에 시달렸고 결국 주이에게 연락을 하고 말았다. 나는 그녀에게 별일이 없으면 집으로 와달라고 했다. 그녀는 맥주를 사들고 왔고 나는 그녀와 맥주를 마시며 밤늦도록 이야기를 나누었다.

그녀는 최근 자신이 하게 된 연극에 대해서 이야기했다. 이번에는 공연료도 있고 사실상 배우로서 정식 데뷔하는 것이나 다름없다고 했다. 지난주부터 본격적으로 연습을 시작했는데 작품이 아주 좋아서 분명히 반응이 좋을 거라는 것이었다. 그녀는 첫 공연 날짜를 알려주며 오하나와 함께 오라고 했다. 그러고는 요즘 오하나와 자주 만나지 않느냐고, 어떤 사이냐고 물어보았는데 나는 바로 대답할 수가 없었다. 어떤 사이냐고? 어떻게 보면 아무 사이도 아니었다. 우리는 자주 만났고 서로에게 애정 비슷한 감정을 품고 있는 건 분명했지만 한번도 같이 자지 않았고 손을 잡은 적은 있었지만 키스를 하거나 그랬던 것도 아니었다. 하지만 아무 관계가 아니라고 하기에는 꽤 자주 만났고 그녀가 내 집에 와서 자고 가는 일도 잦았다. 밤을 보내는 건 아니었고 그저 집에 와서 함께 신경안정제를 몇알씩 먹고 깊이 잠을 잤다. 아무튼 이상한 관계였다. 내가 오하나를 좋아하는 것은 분명했다. 하지만 나는 동시에 마냥 좋다고만은 할 수 없는 짜증스러움을 그녀에게서 느꼈는데 그녀는 감정기복이 너무 심해서 도무지 종잡을 수가 없었다. 그녀는 어떤 밴드가 좋다고 내게 들어보라고 권하다가도 나중에는 언제 그랬냐는 듯이 그 음악들이 전부 쓰레기 같다고 했다. 자신의 아버지를 증오한다고 말했다가도 내가 몇마디 거들자 자신의 가족을 모욕하지 말란다. 그녀는 자기가 만난 모든 사람들을 통틀어서 내가 가장 좋다고 했다가도 언젠가는 나에게 아무런 감정이 없으며 그저 약을 얻기 위해 만나는 것뿐이라고도 했다. 오하나는 그야말로 살로메 같은 여자였다. 나는 어떨 때는 정말이지 그녀가 지긋지긋했는데 그래도 어떨 때는 견딜 만했고 어떨 때는 같이 있는 것이 좋았다. 어쨌든 어떤 방식으로든 우리는 우리 나름의 관계를 이어오고 있었다. 그래서 오하나와 나는 함께 주이의 연극을 보러 갔다.

그런데 가보니 그 연극을 쓴 사람이 누구였느냐 하면 바로 예전에 주이가 사귀었던 바로 그 희곡 작가였다. 그녀가 어떻게 배역을 얻게 되었는지 알 만했다. 둘은 이번 연극을 계기로 의기투합해서 다시 만나기로 한 모양이었다. 생각보다 관객이 아주 없지는 않았는데 쉰명 정도 들어올 수 있는 소극장에 스무명 정도가 띄엄띄엄 앉아 있었다. 공연 첫날이라는 걸 감안하면 그리 많다고는 할 수 없었지만 솔직히 말해서 완전히 텅 비어 있는 상황까지 각오했기 때문에 이 정도면 양호한 편이라는 생각이 들었다. 연극은 형편없다고 할 정도까지는 아니었지만 그리 좋은 편도 아니었다. 세명이 등장해서 각자의 삶을 살아가다가 세사람이 동시에 마주치는 어느 한 순간이 있고 그들은 다시 그 시간을 지나 원래의 삶으로 돌아간다는 단순한 내용이었다. 대사가 많지 않고 주로 행동을 보여주는 연극이었는데 대사와 대사, 동작과 동작 사이가 지나치게 길고 무언가 의미를 전달하려고 애쓴 듯한 기색이 역력했다. 그러니까 관객의 사색을 유도하는 이른바 '작가주의 실험극'이라고 할 만한 스타일의 연극이었다. 나는 예전에도 그가 쓴 연극을 본 적이 있었는데 이번 연극의 구성은 그때 본 연극과 거의 비슷했고 몇몇 대사는 완전히 똑같았다. 그게 벌써 이년은 더 지난 일이라는 것을 생각해보면 한결같다고 해야 할지 성장하지 않았다고 해야 할지 알 수 없는 일이었다.

연극이 끝나고 주이와 희곡 작가, 나와 오하나까지 넷이서 저녁 식사 겸 맥주를 한잔하러 갔다. 희곡 작가는 대충 봐도 자신의 작품에 만족하는 눈치였다. 그러니까 나를 바라보는 얼굴이 어때 괜찮지 않았어? 서슴지 말고 감상을 말해봐,라고 말하는 듯했던 것이다. 그래서 나는 밥을 먹기도 전에 연극에 대해 무언가 말을 시작해야 할 것 같다는 압박을 느꼈다. 나는 예술가들의 작품을 감상한 후에 이런 상황에 처하는 것을 늘 곤란해했는데 그것은 어디까지 솔직해져야 하는지 알 수가 없었기 때문이다. 첫 공연도 마쳤고 내 의견을 말해봐야 무언가 바뀔 것도 없는 마당에 쓴소리를 하는 게 무슨 의미인가 싶어서 그냥 괜찮았다고 말해주었다. 그러고는 연극 중간에 등장인물 셋이 마주치는 장면이 특히 인상적이었다고 덧붙였다(사실 그것 외에는 기억나는 장면도 없었다). 그러나 제대로 말하자면 그 부분도 독창성이라고는 전혀 없었다. 오히려 연출자가 과도하게 힘을 줘서 지도를 했는지 세 배우들의 연기가 모두 약간 과잉된 듯한 느낌이 들고 어딘지 어색했다. 주이는 이 연극이 시에서 주관한 창작 지원사업에 선정되어서 지원금까지 받은 작품이라고 희곡 작가를 치켜세웠는데 그는 그 바람에 신이 나서 앞으로도 '흥미로운' 일을 더 많이 벌여볼 생각이라고 떠들어댔다. 그러고는 그러지 말았어야 했는데 오하나에게도 연극이 어땠느냐고 물어버렸다. 오하나는 돌려 말하는 방법이라고는 아예 모르는 여자였기 때문이다.

그녀는 한마디로 지루한 연극이었다고 대답했다. 이어서 도대체 무슨 말을 하려는지 알 수가 없었고 독창적인 부분도 전혀 찾아볼 수 없었다고 했다. 중간에 정지된 상태를 길게 끄는 부분은 왜 그렇게 많은지 이해할 수가 없으며 특히 끝부분에서 세사람이 만나게 된 이후에 아무런 변화가 일어나지 않아서 자신에게는 감정적으로 아무것도 전달되지 않았다는 것이었다. 그녀는 그 자리에 있던 다른 관객들도 보나마나 아무것도 느끼지 못했을 것이며 연극을 보는 내내 저녁은 뭘 먹을지 같은 고민이나 하고 앉아 있었을 거라고 했다. 그녀는 치기 어리고 냉소적인 사춘기 여자아이 특유의 신랄한 어조로 그런 말을 했는데 사실 내용 면에서는 내 견해와 거의 일치했다. 그의 작품은 도무지 관객들과 소통하려는 의지가 없어 보였고 그저 실험극을 흉내 내고 싶어 안달 난 것처럼 보일 뿐이었다.

그는 애써 감추려 했지만 오하나의 평을 듣고는 눈에 띄게 당황한 기색이었다. 면전에서 그런 혹평을 들은 것이 처음이었던 것이다. 그러나 그는 곧 어린아이 달래듯 그녀에게 연극과 예술이란 무엇인지 짐짓 다정하게 (갑자기 존댓말까지 쓰면서) 늘어놓았는데 횡설수설해서 무슨 내용인지 도통 알아먹을 수가 없었다. 그의 말이 끝난 후 테이블에 적어도 오분은 정적이 흘렀던 것 같다. 그다음에 주이가 무슨 이야기인가를 시작해서 내가 몇마디 거들기는 했지만 사실상 우리의 저녁식사 자리가 그것으로 끝장났다는 것은 이미 그 자리에 있던 모두가 알았다. 우리는 급히 식사를 마치고 어색하게 작별인사를 나눈 뒤 마치 도망치듯 그 자리를 떠났다.

그날 이후로 한동안 주이를 보지 못했다. 그녀는 낭독회에도 나오지 않았다. 나도 그즈음에는 감당할 수 없을 정도로 쌓인 교정지들을 소화하는 데 애를 먹고 있었다. 끊임없이 잠이 왔고 밀려드는 텍스트들은 정신을 혼미하게 했다. 그렇다고 낭독회에 전혀 나가지 않은 것은 아니었다. 오하나와 날짜를 맞춰 뜸하게 나가곤 했는데 이미 그때쯤에는 그녀와의 관계도 조금씩 소원해지고 있던 참이었다. 그녀에게 한번에 건네주는 약의 양이 점점 늘었고 그것은 그녀가 더 많은 약을 원하게 되어서이기도 하지만 우리가 만나는 간격이 길어졌다는 의미이기도 했다. 솔직히 말하자면 나는 그녀와의 만남에 지쳐가고 있었다. 그녀의 감정기복을 견디는 것이 점차 어려워졌다. 그러다가 나중에는 그녀와 완전히 만나지 않게 되었는데, 그 계기는 조금 어처구니없는 일에서 비롯되었다.

가을이 가까워졌음에도 더위가 가실 줄을 모르던 어느날 오하나는 내 집이 너무 덥다며 에어컨이 있는 자기 집에서 만나면 어떻겠느냐고 했다. 아버지가 교회에 가 있을 시간에는 집이 빈다는 것이었다. 그녀의 아버지는 너무나 독실한 신자이기 때문에 예배부터 교리수업 시간까지 성심성의껏 참여하느라 거의 하루 종일 교회에서 시간을 보낸다고 했다. 나는 나쁘지 않은 생각이어서 그러자고 했다. 그런데 문제는 어떻게 된 영문인지 그날따라 그녀의 아버지가 평소보다 훨씬 일찍 집에 돌아왔다는 데 있었다.

그가 집에 돌아왔을 때 우리는 약을 나눠먹고 한 침대에 누워 몽롱한 상태로 대화를 나누고 있었다. 오하나의 아버지는 우리를 보고 미친 사람처럼 소리를 질러댔다. 그가 너무 격렬하게 화를 내는 바람에 나는 가방도 챙기지 못한 채 온 힘을 다해 허겁지겁 밖으로 도망쳐 나왔다(그 순간에는 그가 정말로 나를 죽일지도 모른다는 생각이 들었다). 나는 아파트 팔층에서 일층까지 단숨에 달려 내려왔다. 그리고는 놀이터 벤치에 앉아서 숨을 돌리며 오하나에게 연락이 오기를 기다렸다. 가방을 두고 나왔으니 전화가 오거나 오하나가 나오거나 할 테니 일단은 기다릴 생각이었다.

그런데 삼십분 정도가 흐른 뒤에 내 가방을 들고 나온 것은 오하나가 아니라 그녀의 아버지였다. 그는 내게 가방을 던지듯 건네고는 저주에 가까운 말들을 퍼부어댔다. 내용은 잘 기억나지 않지만 결론은 내가 그의 순결한 딸과 그들의 순결한 보금자리를 더럽혔다는 얘기였다. 나는 그 자리에 앉아서 잠자코 그의 말을 듣고만 있었다. 그는 내 앞에 두어걸음 떨어진 채 서서 끊임없이 호통을 쳐댔다. 내가 그의 집을 더럽혔기 때문에 그들은 이사를 갈 것이며 다시는 자신의 딸을 만날 수 없을 거라고도 했다. 그의 이야기는 계속 이어졌는데 그는 땡볕에 선 채 오하나가 어떻게 자라왔고 얼마나 많은 가능성을 품고 있는 아이이며 얼마나 밝은 미래가 그녀를 기다리고 있는지 늘어놓기 시작했다. 그는 마치 나 하나만 사라지면 모든 찬란한 미래가 오하나를 향해 앞다퉈 밀려들 것이라고 생각하는 것 같았다. 그러고는 내게도 훈계를 하기 시작했다. 나이도 꽤 있는 청년 같은 데 이렇게 어린아이를 꾀어서 장난질이나 하지 말고 어서 분수에 맞는 적당한 처자를 만나 가정을 꾸려야지 않겠느냐는 식이었다.

그의 이야기는 정말이지 끝도 없이 이어졌다. 나는 그 자리에 앉아서 그의 얼굴에서 뚝뚝 떨어져내리는 땀방울을(그는 그늘도 없는 곳에서 햇볕을 받으며 서 있었다) 멍하니 바라보고 있었다. 그러고 있자니 잠이 쏟아지고 자꾸만 눈이 감겼다. 나는 최소한의 예의를 지키고자 할 수 있는 한 눈을 뜨고 있어보려 했지만 계속해서 무겁게 내리누르는 눈꺼풀을 지탱하고 있기가 괴로웠다. 중간중간 까무룩 잠이 들었다가 정신을 차려보면 어느새 그는 마치 내 아버지라도 되는 것처럼 다정하게 내 인생의 방향을 지시해주고 있었고, 또 어느 순간 다시 정신을 차려보면 제발 다시는 자신의 딸을 만나지 말고 그들 주변에서 사라져달라고 내게 애걸복걸하고 있었다. 그러다가 다시 정신을 차렸을 때 내 앞에는 아무도 없었다. 바닥에는 오하나의 아버지가 흘린 땀방울의 흔적만 흥건히 남아 있었다. 나는 완전히 잠들어버렸던 것이다.

그 이후로 나는 오하나를 한번도 만나지 못했다. 아예 연락이 끊겼던 건 아니고 몇번 통화도 하고 만날 약속을 잡기도 했는데 실제로 그렇게 되지는 않았다. 오하나는 그 일이 있은 후로 나와 만나는 것을 망설이는 것 같았고 나도 적극적으로 만나려고 노력하지 않았다. 차라리 잘됐다는 생각도 들었다. 나는 낭독회에도 나가지 않은 채 다시 집에 틀어박혔고 하루 종일 잠을 자다가 힘겹게 교정지를 들여다보는 원래의 생활로 되돌아갔다. 변한 것은 아무것도 없었고 나는 여전히 많은 양의 신경안정제를 먹고 졸음을 참으며 텍스트를 읽어나가려 애썼다.

주이에게서 연락이 온 것은 그로부터 몇달이 지난 뒤였는데, 그녀는 공연이 끝나고 다시 바르샤바 낭독회에 나가고 있다고 했다. 공연은 전혀 흥행하지 못했고 좋은 평을 듣지도 못했으며 아무런 성과 없이 막을 내렸다고 했다. 무엇보다 그 희곡 작가와 이번에는 정말로 완전히 끝나버렸는데 다시 한번 그가 얼마나 쓰레기 같은 인간인지 확인하는 시간이었다는 것이었다. 그러고는 그의 험담을 한다면서 물어보지도 않은 말들을 해댔는데 그가 예전에 우리와 헤어진 후, 그러니까 첫 공연을 끝낸 뒤 나와 오하나와 함께 저녁식사를 하고 난 다음 우리에 대해 이렇다 저렇다 늘어놓은 말들에 대해서였다. 그의 말에 따르면 오하나는 예술은 물론 세상에 대해 알지도 못하는 철부지 주제에 꼴에 자기가 잘난 줄 알고 아무 말이나 떠들어대는 무식하고 건방진 년이며, 나는 그 무엇도 창조해낼 능력이 없고 세상에 어떠한 영향도 끼치지 못한 채 평생 남이 쓴 글이나 고치면서 살다가 무의미하게 죽을 운명이라는 것이었다. 주이는 그런 말을 내게 아무렇지도 않게 전했다. 나는 그 말을 들으며 주이는 물론이고 예술이니 뭐니 하는 인간들이 모두 지긋지긋하다는 생각을 했다.

오하나가 죽었다는 소식을 들려준 것도 주이였다. 오하나를 처음 낭독회에 데려온 여자아이가 가끔 모임에 나왔는데 얼마 전 그 아이로부터 오하나의 장례식에 다녀왔다는 얘기를 들었다고 했다. 바르샤바 낭독회의 주최자인 숫기 없던 그 남자도 같이 다녀왔다고 했다. 그 여자아이의 말에 따르면 오하나는 아버지가 교회에 간 사이에 어디서 구했는지 신경안정제를 수십알이나 먹고 스스로 목숨을 끊었다. 가족들이 자세히 이야기해주지 않아서 확실히는 알 수 없지만 그 아이가 장례식장에서 주워들은 이야기를 종합해서 파악한 정황이라고 했다.

그 이야기를 듣고 내가 가장 먼저 떠올린 건 교회에 열심히 다닌다는 그녀 아버지의 얼굴이었다. 땡볕에 서서 땀을 뚝뚝 떨어뜨리며 오하나의 미래에 대해서 열변을 토하던 그의 얼굴. 이상하게 슬프다는 생각은 들지 않았다. 오하나와 만났던 시간이 아주 까마득히 오래전이거나 아예 일어나지 않은 일처럼 느껴졌다.

나는 주이와 헤어진 뒤 집에 돌아와서 평소처럼 교정지를 들여다봤다. 『추락하는 모든 것들의 소음』이라는 제목의 원고를 열 페이지 정도 읽은 것 같다. 잠자리에 들기 전에는 졸피뎀과 함께 자낙스 세알을 입에 털어넣고는 물을 들이켰다. 그러고는 침대에 누웠는데 그날밤은 이상하게 금방 잠이 오지 않았다. 나는 오하나가 영원히 잠들기 위해 몇알의 자낙스를 먹었을지 생각해보았다. 적어도 서른알 정도는 필요하지 않았을까. 아니면 마흔알? 나는 눈을 감고 잠이 들기를 기다리면서, 내가 앞으로 남은 생애 동안 얼마만큼의 자낙스를 먹게 될지 헤아려보기 시작했다.

여름의 궤적

우리의 삶은 우연으로 이루어져 있다. 사실상 모든 것이 우연이기 때문에 우연이라는 단어 자체가 정말 필요한가 하는 생각이 들 정도다. 세상이 생겨난 이래 일어난 모든 일은 우연이다. 이 간결하고도 명백한 명제를 따로 설명할 필요가 있을까? 하지만 아무리 그렇다 해도 하필 그날, 그곳에서 선영을 만나게 된 것은 정말로 이상한 일이었다. 그것은 우리가 우연이라 부르는 예측불허의 상황 충돌을 넘어선, 그야말로 운명의 장난이라고 할 만한 수준이었다. 키노꾸니야 서점에서 선영을 만나다니. 게다가 우에노도 아니고, 아끼하바라도 아닌, 이께부꾸로점이라니!

나는 자연사박물관에서 맞닥뜨린 것, 그 거대하고 기괴하며 불가해한 존재에 관련된 책을 찾으러 오후 내내 서점을 찾아헤맸다.

그런데 내가 사는 동네에 있는 우에노점은 그날따라 리모델링을 한다고 문을 닫은 상태였고, 갑작스럽게 찾아온 이른 더위에 달팽이처럼 땀을 흘리며 찾아간 아끼하바라점은 때마침 정기휴일이었다(늦봄이었는데도 불구하고 옷장 정리를 하지 않아 나는 그날 울코트를 걸치고 있었다). 키노꾸니야 서점은 내가 알기로 토오꾜오에만 수십개의 분점이 있었고 내가 있는 곳에서 이께부꾸로점보다 가까운 지점이 몇개쯤은 더 있었다. 긴자, 오짜노미즈, 니혼바시…… 당장 생각나는 것만 해도 대충 이 정도였고 당연히 몇개는 더 있을 것이다. 그러나 나는 이께부꾸로점에 가기로 마음먹었다. 내 남은 체력으로 갈 수 있는 거리에 있는 서점 가운데 가장 규모가 큰 곳이 바로 이께부꾸로점이었기 때문이다.

아끼하바라점이 문을 닫은 것에 절망한 나는 잠시 의기를 다진 뒤 삼십분이 넘는 거리에, 지하철을 두번이나 갈아타야 하는 이께부꾸로를 향해 발길을 돌렸다. 나는 그늘도 없는 야외 승강장에서 햇볕을 받으며 서서 열차를 기다렸다. 등줄기를 타고 흘러내리는 끈적한 땀이 유발하는 불쾌감을 느끼며 내가 이 정도로 열정을 품고 어딘가에 가본 적이 언제였는지 기억을 돌이켜보았다. 생각나는 것이 전혀 없는 것으로 보아 적어도 근 십년 안에는 그런 적이 없었던 게 분명했다. 나는 다른 선택을 할 수도 있었다. 이미 지칠 대로 지쳐 있는 상태였으니 일단 포기하고 다음날 다시 서점을 찾아나설 수도 있었다. 그러지 않더라도 집으로 돌아가 샤워를 한 후 가벼운 옷으로 갈아입고 다시 나오는 방법도 고려할 만했다. 하지만 그러지 않았다. 불가사의하고 강렬한 열정이 나를 이끌었고 그 것이 내가 당장 서점에 가서 자료를 찾아보고 싶다는 생각에 사로 잡히게 했던 것이다. 나는 몇시간만 이 고난을 견뎌 책 몇권을 집 어든 뒤 집으로 돌아와 샤워를 하고, 자연사박물관에서 그토록 나 를 사로잡았던 실재의 심연 속으로 빠져들 수 있을 것이라 생각했 다. 그래서 나는 코트를 벗어 어깨에 걸치고 곧바로 이께부꾸로로 향했다. 이 모든 상황 중에 하나라도 달라졌다면 선영을 만나는 일 은 결코 없었을 것이다. 어쩌면 평생 그녀를 다시 보는 일은 없지 않았을까? 하지만 지금까지 말한 일들은 모두 고스란히 벌어졌고, 기어이 선영을 만나고 말았다.

나는 사람을 그다지 잘 알아보는 편이 아니다. 거기다 그녀를 마 지막으로 본 것이 적어도 십년은 더 된 일임에도 불구하고 한눈에 그녀를 알아보았는데, 어떻게 생각해보면 그건 당연한 일이었다. 적어도 우리는 일년 가까이 함께 살았고, 매일 아침과 저녁에 서로 의 얼굴을 마주 보며 식사를 했으며, 그러한 생활이 영원히 이어질 거라 믿었으니까. 우리는 법정에 가서 이혼서류에 도장을 찍고 서 로가 서로에게 그 어떠한 책임도 질 필요가 없어진 그날밤까지도 한 이불을 덮고 잠자리에 들었다. 나는 다음날이 되어서야 짐을 챙 겨 그 집에서 나왔다. 그것으로 끝이었다. 우리는 단 한번도 연락하 지 않았다.

어쩌면 그녀를 마주쳤을 때 고개를 돌려 못 본 체하고 지나치는 게 가장 현명한 행동이었을지도 모르겠다. 하지만 나는 우리가 이미 눈을 마주쳐버렸기 때문에 그럴 수 없다고 판단했던 것 같다. 십년 전 이혼한 여자를 예상치 못한 상황에서 만났을 때 어떤 표정을 지어야 할지, 어떤 말을 해야 할지 나로서는 전혀 아는 바가 없었다(누군들 그런 걸 알고 있겠는가!). 당연히 그녀도 마찬가지였겠지. 그래서 우리는 한참을 어물거리다가 내가 먼저 잘 지냈느냐고 물었고 그녀는 잘 지냈다고 대답했다. 그러고는 조금 머뭇거리는 말투로 나는 어떻게 지냈느냐고 물어보았다. 나 또한 그저 잘 지냈다고 대답했다. 그럼 그 상황에서 내가 꽤 오래 사귄 여자와 작년에 헤어지고 모아놓은 돈도 없이 대학로의 원룸에서 지내다가 설상가상으로 같은 학교에서 강의를 하던 시간강사와 사이가 틀어져 엉망진창인 기분으로 도망치듯 서울을 떠나 토오꾜오로 오게 된 경위를 시시콜콜 늘어놓아야 했을까. 그리고 이곳 대학에서 기초 조선어 강의 하나를 맡게 되었는데 학생들이 나를 별로 좋아하지 않는 것 같다느니, 그래도 나를 마음에 들어하는 학생이 한명은 있어서 다행이라느니, 그 아이는 꽤 귀여운 얼굴을 한 여자아이인데 얼마 전엔 그 아이와 함께 오다이바에도 다녀왔다느니 하는 이야기를 늘어놓을 수도 없는 노릇 아닌가. 그래서 나는 그냥 잘 지냈다고 대답할 수밖에 없었다.

우리는 그런 식으로, 피상적이며 무의미한 말을 한번씩 주고받은 것으로 사실상 서로 작별인사를 하고 그대로 헤어질 수 있는 권리를 획득한 셈이었다. 어차피 더이상 할 말도 없었다. 지금 무엇을 하며 살고 있는지, 결혼(재혼이라는 말을 쓸 수도 있었겠지만 별로 좋은 선택은 아니었을 테다)은 했는지 갑자기 묻는 것도 이상했고…… 그러나 나는 이렇게 만난 김에 차나 한잔하자는 말을 꺼내고 말았다. 그녀를 마주친 곳이 서울이었다면 내가 그런 제안을 했을까? 절대로 아니지. 하지만 외국에서의 우연한 만남이라는 상황의 의외성이 우리 사이의 기류를 조금은 흔들어놓았던 것 같다. 결국 우리는 함께 서점 밖으로 나왔다.

자연스럽게 내가 앞장을 섰는데 실제로는 오분쯤 걸렸을 그 시간이 내게는 적어도 삼십분은 되는 것처럼 느껴졌고 한시라도 빨리 적당한 까페를 찾아 들어가고 싶은 마음에 그녀의 의사를 묻지도 않고 바로 눈에 띈 까페의 문을 열고 안으로 들어가버렸다. 나는 그곳에 발을 들여놓고 나서야 그곳이 도또루라는 사실을 깨달았다. 스타벅스도 아니고, 털리스도 아니고, 호시노도 아닌 도또루라니. 아무리 내가 조금 당황한 상태였다고 해도 그것은 정말이지 웃기는 선택이었다. 요즘 도또루는 젊은이들은 물론 대학생들도 잘 가지 않는 까페였기 때문이다. 한때는 꽤나 신선한 이미지로 인기를 끌던 프랜차이즈였지만 이제는 주로 연애를 갓 시작한 고등학생 커플들이나 찾는 장소가 된 지 오래였다. 유리장 안에 진열되어 있는 원색적이고 조잡해 보이는 조각케이크들, 맛을 짐작할 수 없는 이상한 이름의 수많은 음료들…… 나는 다른 곳으로 갈까 잠시 망설였는데 그녀가 별 거리낌 없이 음료를 주문하기에 아무려면 어떠랴 싶은 마음으로 나도 주문을 하고 앉을 자리를 찾았다. 그녀는 따뜻한 까페라떼를 시켰고 나는 아이스 아메리카노를 주문

했다. 그녀를 만나고 나서 한동안 잊고 있었는데 얼음이 잔뜩 들어간 커피를 한모금 가득 들이켜고 나니 그제서야 내가 더위에 지칠 대로 지쳐 있었다는 사실을 깨닫게 되었다.

우리는 밖이 환히 내다보이는 통유리 앞의 바에 앉았는데 공기도 시원하고 이곳도 생각보다 나쁘지 않다는 생각이 들었다. 선영과의 대화는 예상했던 것보다는 견딜 만했고 어떤 면에서는 즐겁기까지 했다. 그녀와 마주 보지 않아도 되는 자리에 앉은 것도 도움이 되었던 듯하다. 우리는 여행지에서 아주 오랜만에 우연히 만난 동창처럼 대화를 나누었다. 그녀도 나처럼 마음 깊은 곳 어느 한구석에는 불편함과, 이 자리에서 당장 도망쳐버리고 싶다는 충동이 전혀 없을 리는 없었겠지만 서로 내색하지 않고 그럭저럭 이야기를 이어나갔다. 창밖은 이차선 도로가 있는 한적한 거리였는데 벚꽃 잎이 보도에 수북이 쌓여 있었고 간간이 자전거를 탄 사람이 지나갈 때마다 연분홍 꽃잎들이 날아올랐다. 제법 감상적인 느낌을 주는 배경이었다.

나는 늦봄의 나른한 풍경을 바라보며 선영의 근황을 들었다. 그녀는 출판사에서 일하고 있으며 토오꾜오에는 출장으로 온 것이라고 했다. 나와 함께 살 때 그녀는 국내 최대 규모의 법률사무소에서 고액 연봉을 받으며 비서로 일하고 있었기 때문에 나는 그녀가 출판사에서 일한다는 사실이 의외라고 생각했다. 그녀는 국문과는 커녕 문과도 아니었고 통계학과라는, 문학과는 꽤나 거리가 먼 학과를 졸업했기 때문이다. 선영은 내게 출판사에는 오히려 국문과를 나오지 않는 사람이 더 많다고 했다.

"생물학과나 지리학과 나와서 편집자로 일하는 사람도 있어."

그녀는 이렇게 말했는데 나는 그 말을 듣고 이상하다고 생각했다. 정작 국문과를 나온 내 동기들은 죄다 출판사에 들어갔기 때문이다. 내가 알기로 국문과를 나와서 될 수 있는 것이라고는 출판사 직원 정도고, 일이 좋게 풀리면 기자나 공기업 사원, 그게 아니면 백수였다. 아니면 나처럼 백수가 되는 것이 두려워 끊임없이 졸업을 유예하다가 얼떨결에 박사과정을 수료하게 되든가.

그녀는 고액 연봉을 받으며 법률사무소에서 비서로 일하던 중 문득 자신이 하는 일이 스스로의 인생에 아무런 가치를 부여해주지 못하고 있다는 생각이 들었다고 했다. 무언가 생산적이고 문화적인 일을 하고 싶었고 그래서 출판사를 찾았다는 것이다. 하지만 막상 출판사에서 박봉과 야근에 시달리다보니 인생의 가치는 뭐고 생산은 뭐고 문화는 또 다 무엇인가, 하는 생각이 들었단다. 생각보다 보람은 없고 그래도 직장생활이라는 게 어차피 돈 벌려고 하는 일인데 연봉은 반토막 나고…… 저작권을 담당하는 팀에 들어가 처음에는 외국 출장도 많이 다니고 해서 좋았는데 이제는 그것도 지겨울 뿐이고…… 그런데 어느새 나이도 들 만큼 들어서 다른 일을 찾을 수도 없는 노릇이라는 것이었다.

"우리도 이제 마흔이야, 마흔. 그렇다고 이 나이에 벌써 치킨집 차릴 수도 없잖아?"

그녀는 오랜만에 초등학교 시절 단짝친구라도 만난 것처럼 실

컷 떠들어댔다. 그녀가 원래 이렇게 수다쟁이였던가? 잘 기억이 나
지 않았다. 그랬던 것 같기도 했고 아니었던 것 같기도 했다. 어쩌
면 그저 어색한 순간을 피하고 싶어 쉬지 않고 말했을 뿐일지도 모
르지. 어쨌든 그녀 말대로 우리는 어정쩡한 나이대에 서 있었다. 이
제 와서 다른 일을 찾을 수도 없고, 그녀 말대로 그렇다고 벌써부
터 치킨집을 차릴 수도 없고…… 아무튼 그녀는 우리 사이에 그 어
떤 일도 없었던 것처럼 나를 대했다. 결혼이니 이혼이니 하는 말은
커녕 그 비슷한 말도 꺼내지 않았다. 그런 말을 입에 담기에는 우
리가 함께한 시간이 너무 짧았고, 그 이후로 지난 시간이 너무 오
래긴 했다. 그래서 나도 그녀의 장단에 맞추기로 마음먹었다. 아니,
마음먹을 필요도 없이 자연스럽게 그렇게 되었다. 우리는 적당히
대화를 나누다가, 다시는 만나지 않을 게 분명하지만 마치 금방이
라도 다시 만날 사람들처럼 가볍게 인사를 나누고는 헤어지게 될
것이었다.

　한참 수다를 떤 그녀는 내 얘기도 좀 해보라고 했다. 그녀는 교
수라도 됐니, 그런데 왜 여기에 있어, 지금 학기 중 아냐?라고 물었
는데 나는 그녀의 질문에 뭐라고 대답해야 할지 알 수가 없었다.
나는 그녀와 결혼할 때는 물론 이혼하는 순간까지 학생이었다. 석
사과정을 밟고 있었는데 조금만 있으면 강의를 맡게 될 것이고 몇
년만 더 고생하면 교수가 될 수 있을 거라고 그녀에게 장담하곤 했
던 것이다. 그러나 교수가 되는 것은 결코 쉬운 일이 아니었다. 성
향(혹은 성격)이 맞는, 아니 제정신이라도 박힌 지도교수를 만나

는 일부터가 거의 불가능에 가까웠다. 그리고 어찌어찌해서 만나게 된 지도교수에게 몇년 동안 눈 밖에 나는 일 없이 잘 보이고, 계속해서 연구성과를 내고, 학교에선 원만한 사교관계를 유지하고…… 그 모든 일이 내게는 결코 쉽지 않았다. 나는 내 상황을 그녀만큼 자세히 이야기하지는 않았다. 박사과정을 마쳤고(실제로는 논문을 쓰지 않아 졸업이 아니라 수료만 했을 뿐이지만 일부러 그녀가 알아서 상상할 수 있는 어휘를 택했다) 와세다 대학에 스콜라십(간단히 말하면 일종의 연구생이었지만 나는 이번에도 자세히 설명하지 않았다) 과정에 초빙되어서(사실을 말하면 초빙이 아니라 신청한 것이었지만) 강의를 맡고 있다고 했다. 그럼 교환교수 같은 거네,라고 선영은 물었고 나는 뭐 말하자면…… 그런 거지, 하고 대답했다. 그녀는 정말로 꽤 놀란 얼굴로 우와 멋지다! 와세다로 교환교수라니, 너 진짜 출세했구나, 하면서 신기해했다. 나는 그녀에게 결코 거짓말을 하진 않았다고 맹세할 수 있다. 하지만 더이상 그 이야기를 이어가고 싶진 않았다.

나는 화제를 다른 것으로 바꾸고 싶었고 그래서 그녀에게 우에노에 있는 자연사박물관에 가보라고 했다. 나는 거기에 정말로 '엄청난' 것이 있다고만 말했다. 말로는 설명할 수 없지만 내 세계관을 바꾼 대단한 것이 있다고. 그러니까 시간이 되면 꼭 거기에 가보라고 했다. 선영은 그다지 흥미를 느끼는 기색은 아니었다. 며칠 더 토오꾜오에 머물 예정이긴 하지만 시간이 될지 모르겠다고, 상황이 허락된다면 한번 가보겠다고만 했다. 그녀가 그렇게 대답하니 이상하게 왠지 그날 오전 내가 했던 경험이 조금은 시시해진 듯한 기분이 들었다. 문득 자연사박물관에서의 일이 그저 꿈속에서 일어난 일처럼 느껴졌고, 선영과 대화하고 있는 순간도 마치 현실이 아닌 것처럼 느껴졌다. 까마득히 거리를 두고 있어야 하는 것들이 시공간이 뒤틀리는 바람에 같이 있게 된 듯한 느낌이 들었던 것이다.

우리는 한참을 떠들다가 말이 끊기는 바람에, 잠시 동안 창밖에 부유하고 있는 벚꽃 잎을 함께 바라보았다. 그러다 그녀가 갑자기 생각났다는 듯이 혹시 내 수업을 듣는 학생 중에 한국어를 아주 잘하는 사람은 없느냐고 물었다. 통역을 할 만한 사람이 필요하다는 것이었다. 나는 그녀가 정말로 통역을 해줄 사람을 찾고 있는지 아니면 그저 이야깃거리가 떨어져서 아무 말이나 하는 것인지 확신할 수가 없었다. 그래서 나는 그녀에게 거듭 진심으로 하는 이야기냐고 물었고 그녀는 그렇다고 대답했다. 오늘 오전에 미팅을 할 때 통역이 있으면 좋겠다고 생각만 했지 막상 구할 생각은 못했는데 마침 네가 교수라니 이런 우연이 어디 있느냐고, 학생 중에 할 만한 사람이 있는지 잘 생각해보라고 했다. 잘 생각해볼 필요도 없이 나는 이미 머릿속에 한 사람을 떠올리고 있었는데 바로 야마다 미유끼였다. 그녀는 이제 막 스물한살에 삼학년생이었고 한국어를 거의 완벽하게 구사했다. 그녀는 내 수업을 듣는 학생 중 나와 사적인 대화를 나눈 유일한 사람이기도 했다. 처음 토오꾜오에 왔을 때 나는 메구로에서 지냈는데 내가 그곳을 떠나고 싶어할 때 우에노를 추천해준 것도 그녀였다. 그래서 나는 선영에게 미유끼의 연락처를 알려주었다.

미유끼가 내게 우에노에 대해 말해준 것은 오다이바에서 토오꾜오로 향하는 유리까모메 안에서였다. 그녀와 단둘이 오다이바에 가게 된 것에는 그 어떤 필연적 이유도 없었다. 그저 모든 일들이 그러하듯이 우연의 소산일 뿐이었다.

그녀와는 수업이 끝나고 종종 대화를 나누곤 했지만 그것은 그녀가 내게 남다른 호감을 품고 있어서라기보다는 그저 내가 한국인이기 때문에, 특히 고등교육을 받은 한국인이었기 때문에 그랬던 것 같다. 그녀는 어머니가 한국인이라고 했다. 그녀의 한국어 실력은 거의 완벽해서 내가 왜 기초 조선어 수업을 듣느냐고 물은 적이 있었는데 졸업을 하기 위해서는 어쩔 수 없이 이수해야 하는 과목이어서 그렇다고 했다. 계속 미루다가 삼학년이 되어서 어쩔 수 없이 듣게 되었단다. 미유끼는 학교 근처에서 자취를 하고 있었기 때문에 보통은 같이 엘리베이터를 타고 내려가 일층에서 헤어지곤 했는데 그날은 그녀가 마침 나와 같은 방향으로 갈 일이 있다고 해서 함께 전철을 타게 되었다. 전철이 메구로 역에 거의 다다랐을 때쯤 그녀는 내게 오다이바에 가보았느냐고 물었다. 내가 아니라고 하자 그녀는 구경 삼아 같이 갈 생각이 있느냐고 했다. 거기 가면 거대한 건담도 있고 자유의 여신상도 있으며 대관람차도 있다는 것이었다. 나는 건담이나 가짜 자유의 여신상 따위에는 전혀 관심이 없었지만 그날 오후에 특별히 할 일이 있는 것도 아니었고 날

씨도 화창해서 마침 그대로 집에 들어가기는 아쉬운 기분이었기에 그러자고 했다. 마음에 걸리는 것이 있다면 비록 한시적이지만 우리가 선생과 제자 사이라는 점, 그리고 그녀와 내가 나이 차이가 많이 나서 남들의 오해를 살 수도 있다는 점 정도였지만 어차피 우리나라도 아니고, 괜한 신경은 쓰지 않기로 했다.

신바시 역에서 오다이바로 향하는 유리까모메로 갈아탄 뒤 그녀는 그곳에 가는 이유를 말해주었다. 얼마 전 남자친구와 헤어졌는데 그애는 자기와 헤어졌다는 사실을 받아들이려 하지 않는다는 것이었다. 그래서 그동안 그가 준 물건들을 모두 그에게 돌려준 뒤 확실히 이별을 선언하고 돌아올 계획이라고 했다. 그런데 막상 가면 어떻게 될지 모르니 내가 어딘가에서 기다리고 있으면 시간을 끌지 않고 용건을 끝낸 뒤 금방 돌아올 수 있을 것 같다는 것이었다. 그러니까 그녀는 나를 이용하려는 셈이었는데 그것은 젊은이들만이 지니고 있는 특유의 뻔뻔함에서만 나올 수 있는 태도였다. 나는 조금 당황했지만 기분이 상하지는 않았다.

유리까모메는 모노레일이었는데 바다 위에 놓인 긴 다리를 건너 오다이바로 향했다. 창밖으로 파란 바다와, 한참을 바라보아야 움직이고 있다는 것을 느낄 수 있는 대관람차, 푸른 잎으로 가득한 나무들과 표면이 유리로 된 현대식 빌딩들, 그리고 자유의 여신상(뉴욕에 있는 것과는 비교도 안될 정도로 작고 조악했지만)이 눈에 들어왔다. 비현실적일 정도로 새파란 하늘 위를 달리며 그것들을 내려다보자니 마치 잘 설계된 미래 도시로 향하고 있는 듯한 기분이 들었다. 그래, 나는 미래로 향하고 있어. 다시는 현재로 돌아올 수 없는 머나먼 미래로 말이야! 나는 이제부터 미유끼와 함께 이 그림 같은 미래 도시에 살기 위해 열차를 탄 것이고…… 나는 잠시 그런 헛된 공상에 빠졌다. 그러나 안내방송이 나오고 오다이바에 도착하자 내 망상은 자연스럽게 흩어져버렸다. 그곳은 그저 깨끗하게 관리되고 있는 관광지일 뿐이었다.

미유끼는 해안공원을 산책하고 있으면 금방 돌아오겠다고 했다. 그녀의 말대로 나는 그곳을 산책하며 내가 방금 건너온 다리를 구경했다. 햇빛을 받아 희게 빛나는 다리는 아주 완만한 곡선이었고 쌘프란시스코의 금문교와 같은 현수교였다. 평일 낮이어서 공원에 사람은 많지 않았지만 어린아이가 몇명 뛰어놀고 있었고 엄마로 보이는 젊은 여자 둘이 내 맞은편 벤치에 앉아서 이야기를 나누고 있었다. 선선하게 불어오는 바람을 쐬며, 소리가 작아서 알아듣기 힘든 그들의 조곤조곤한 대화를 듣고 있자니 세상이 평화롭게 느껴지면서 모든 잡념이 사라지고 편안한 기분이 되었다.

미유끼는 삼십분쯤 후에 돌아왔는데 약간 상기된 얼굴이었다. 그녀는 마사히로(그녀의 남자친구의 이름이었다)가 아르바이트를 하는 대관람차가 좀 먼 곳에 있어서 나를 너무 오래 기다리게 할까봐 거의 뛰다시피 걸어왔다고 했다. 그와 만나서는 물건들을 건네주고 거침없이 할 말만 하고는 시원하게 돌아서서 떠나왔단다. 그녀는 이제 모든 게 다 끝난 것 같다며 기분이 좋아져서는 내게 아이스크림을 사주겠다고 했다. 우리는 소프트 아이스크림을 먹으며 바닷가를 산책했고, 그녀가 맛집이라고 데려간 식당에 가서 장어덮밥을 먹고는(그러나 맛이나 분위기나 모두 평범한 곳이었다) 다시 유리까모메를 타고 토오꼬오로 돌아왔다.

돌아오는 길에 그녀는 마사히로가 얼마나 유치하고 무신경한 남자인지를 내게 늘어놓기 시작했고 나는 그녀의 말에 열심히 맞장구를 쳐주었다(그러나 그녀가 늘어놓는 마사히로의 단점들은 내가 생각하기로 거의 모든 어린 남자들의 공통된 특징일 뿐이었다). 또 그는 정치적으로 올바르지 않은 발언을 서슴없이 하는데다 얼마 전에는 고래 포획을 금지해야 한다는 그녀의 주장을 듣고 코웃음을 쳤다고 했다. 고래만이 아니라 모든 동물은 언젠가는 멸종하게 되어 있어, 고래가 멸종한다고 해도 그건 자연스러운 현상이랄까, 하고 이야기했다는 것이다. 그녀는 전세계에서 고래 포획이 가장 많이 이루어지는 나라가 바로 일본이라면서 일본인으로서 부끄러워해야 한다고 했다. 지성을 지닌 인간이라면 동물종의 다양성을 보존하기 위해 최대한 노력해야 하는 게 당연하다는 것이었다. 미유끼는 이대로 가면 일본 때문에 고래를 박물관에서나 볼 수 있을 거라면서 조금 흥분하며 목소리를 높였다. 그녀는 마사히로군이 처음에는 상냥해서 좋았는데 사귀다보니 상냥하기만 할 뿐가치관이 맞지 않아 더이상 만날 수 없다는 판단을 내렸다고 말했다. 그래서 몇번이고 그에게 헤어지자고 했지만 그가 그말을 진심으로 받아들이지 않았단다. 하지만 결국 오늘 자신의 확고한 의지를 보여주고 더이상 자신을 귀찮게 하지 않겠다는 확답을 받았다며 모두 내 덕분이라고 했다. 나는 그 일이 왜 내 덕분인지는 모르겠지만 일본인 특유의 배려인가보다 생각하고는 별 대꾸를 하시 않았다.

그녀가 사적인 이야기를 늘어놔서인지 나도 이야기를 하기 시작했다. 나는 그녀에게 메구로에 젊은이들이 너무 많다고, 그들 사이에 있을 때 편안한 마음이 들지 않고 이방인이 된 듯한 기분만 들뿐이라고 불평을 했다. 그러자 미유끼는 그럼 우에노, 우에노가 좋아요,라고 말했다. 지금 그녀는 학교 근처에서 자취를 하지만 우에노는 어린 시절을 보낸 곳이고 부모님은 여전히 그곳에 산다고 했다. 학교와는 조금 멀긴 하지만 일주일에 한두번 정도 나오기에는 나쁘지 않은 거리라고 했다. 가까운 곳에 공원도 있고 박물관과 미술관도 있어서 지루하지 않을 거라는 말도 덧붙였다. 거기다가 젊은이들도 그리 많지 않고 나와 비슷한 또래의 오지상, 그러니까 아저씨들도 많이 사는 곳이라고도 했다. 나는 그 말에 기분이 조금 상했지만 사실 틀린 말도 아니고 내가 바라는 것 또한 그런 것이었기 때문에 그냥 그러려니 했다.

며칠 후 나는 우에노에 가보았는데 역에서 나와 오분도 채 걷기 전에 그곳이 마음에 들었다. 역사는 크고 복잡했지만 역에서 조금만 벗어나면 미유끼의 말대로 골목골목 조용하고 정감 어린 동네가 나왔다. 막 꽃이 피기 시작한 우에노 공원도 아름다웠다. 그래서 나는 곧바로 방을 구해 이사를 했다. 집은 전형적인 일본식 복층 주택이었는데 이층에 있는 내 방은 작았지만 마당에 정원이 있어서 나름 운치가 있었다. 나는 그곳으로 거처를 옮긴 뒤에는 강의가 없는 날, 그러니까 일주일에 하루를 제외한 모든 날마다 산책을 했다. 집에서 나와 한적한 골목길을 걸어 우에노 공원까지 가서 그곳을 한바퀴 도는 게 코스였다. 공원은 생각보다 넓어서 산책을 마치고 집에 돌아오면 거의 두시간 가까이 흘러 있었다. 공원 안에는 박물관과 미술관은 물론 심지어 동물원까지 있었다. 나는 자연사박물관까지 걸은 뒤 그 앞에 놓인 벤치에 앉아서 휴식을 취하다가 돌아오곤 했는데 자연사박물관 건물 앞에 거대한 고래 조형물이 있어서 쉬는 동안 그것을 한참 바라보곤 했다. 그것은 물속에서 헤엄치는 듯한 모양새로 박물관 앞에 전시되어 있었다. 나는 그 고래를 보면서 미유끼가 한 말을 떠올렸다. 일본이 고래 포획을 계속한다면 그녀의 말대로 언젠가는 저 고래도 공룡처럼 멸종해서 자연사박물관에서나 볼 수 있는 존재가 되겠지. 확실치는 않지만 그 고래는 내가 알기로 흰긴수염고래였는데 실물과 같은 크기거나 실제보다 더 크게 만들어진 듯했다. 그것은 거의 박물관 건물과 비슷한 크기로 보일 정도로 거대했다.

나는 매일 산책을 하며 고래를 바라보다가 집으로 돌아갔지만 자연사박물관에 들어갈 생각을 한 적은 한번도 없었다. '자연사'라고 하는 것은 내게 그다지 흥미를 주지 못했기 때문이다. 들어가보지 않아도 무엇이 있을지 짐작이 갔다. 어린아이들이 좋아하는 거대한 공룡 뼈나 아프리카 동물들의 박제, 포르말린에 들어 있는 양서류들, 눈을 가늘게 뜨고 유심히 봐야 형태를 알아볼 수 있는 암

모나이트 화석 등…… 그리고 조악하게 만들어진 원시인의 형상이나, 조금 더 시대를 거슬러올라온다면 중세 일본인의 생활상을 재현해놓은 방도 있겠지. 나는 우리나라에 있는 자연사박물관에도 가본 적이 없었지만(있긴 있을까?) 어디선가 그런 것을 본 듯도 했다. 박사과정을 밟을 때 내 전공은 언어의 역사를 탐구하는 일이었다. 그러니까 자연사가 실제 세계의 역사라면 내가 연구한 역사는 추상 세계의 역사인 셈이다. 손에 잡히거나 눈에 보이지 않는, 누군가 발화하거나 기록하지 않으면 사라져버리는 정신의 산물들. 나는 그런 것들이 더 흥미롭다고 생각했다. 그것들에 비하면 실제 세계의 역사는 어쩐지 조금 시시하게 느껴졌다. 자연사라는 것은 역사의 증거가 너무나 분명히, 실체적 형태를 띠고 남아 있지 않은가. 거기에는 상상력이 개입될 여지가 거의 없었다. 기껏해야 티라노사우루스의 피부색이 무엇이었을지, 깃털이 달려 있었을지 아니었을지 하는 것들이 미스터리로 남아 있는 정도 아닌가. 그래서 나는 위엄을 뽐내며 육중하게 자리를 지키고 있는 자연사박물관을 그저 바라만 보면서 들어갈 생각을 해보지 않았던 것이다.

그러나 결국 나는 그곳에 들어가게 되었다. 특별한 이유가 있었던 것은 아니었다. 학기가 끝나가고 있었고, 나는 벤치에 앉아 서울에 돌아가면 겪을 일들을 생각하고 있었는데 그러다보니 머리가 아파오기 시작했다. 그래서 어린아이가 소풍이라도 가듯이 머리나 식히고 싶다는 생각에 충동적으로 그곳에 들어가게 된 것이다. 그 어떤 기대도 없이, 가벼운 마음으로.

자연사박물관에는 예상과 비슷한 풍경이 펼쳐져 있었다. 그러나 비슷할 뿐이지 같지는 않았다. 박물관은 기대했던 것보다 훨씬 웅장하면서 동시에 섬세했다. 천장이 까마득히 높은, 광활하지만 왠지 아늑하게 느껴지는 어둑한 공간에 전시품들이 은은한 노란색 조명을 받으며 전시되어 있었는데 방금 전까지만 해도 파란 햇빛이 내리쬐는 우에노 공원에 있던 나로서는 완전히 다른 세상에 들어온 느낌이었다. 내가 그동안 밖에서 바라만 보던 사이 이곳을 왔다 간 사람들이 이런 공간을 경험했을 거라고 생각하니 거의 사기를 당한 듯한 기분이 들 정도였다.

그곳에서 나는 이미 예상했던 것들, 그러니까 티라노사우루스의 뼈대나 매머드의 박제, 포르말린으로 채워진 유리관에 들어 있는 실러캔스를 보았다. 그러나 전혀 예상치 못한 것들도 있었다. 이를테면 벽 하나를 가득 채운 고래의 내장(길이가 수 킬로미터에 이른다는 그것은 액체가 들어 있는 액자 안에 구불구불하게 접혀 있어서 그로테스크한 인상을 주었다), 촌충, 요충, 사상충 등 셀 수 없이 많은 기생충들, 수만종에 달하는 곤충의 박제, 현미경으로 들여다봐야 하는 온갖 종류의 세균들…… 그리고 바로 그, 문제의 뼈대가 있었다.

나는 처음에는 그것이 공룡의 화석일 거라고 생각했다. 너무나 거대했기 때문에 브론토사우루스 같은 초대형 육상 초식공룡의 뼈대일 거라고 여겼던 것이다. 그러나 별생각 없이 그것을 바라보고 있다가 그것이 공룡이 아니라 포유류라는 사실을 깨달았다. 이것은 생물학에 대한 내 조악한 지식만으로도 충분히 알 수 있는 사실이었는데 목뼈와 척추 그리고 꼬리까지 이어지는 뼈가 공룡처럼 완만한 곡선을 이루고 있지 않았기 때문이다. 내가 그걸 보고 놀란 이유는 우선 크기 때문이었다. 그것은 내 상식 안에서 포유류라고 하기에는 너무나 거대한 생물이었다. 마치 말의 뼈대를 열배쯤 확대해놓은 듯한 모양새였다. 뒷다리의 허벅지뼈는 내 몸집만큼 두꺼웠고 머리의 높이는 내 키의 다섯배는 되어 보였다. 천장에 매달린 샹들리에를 바라볼 때처럼 목을 꺾어야만 두개골을 볼 수 있었다. 나는 그때까지 그렇게 거대한 육상 포유류가 존재했었다는 사실을 꿈에도 생각해본 적이 없었다. 그것은 마치 신화 속 존재 같았다. 안내판을 보니 그 동물은 신생대에 존재했던 인드리코테리움이라는 이름의 거대 포유류였는데 무리 생활을 했던 동물이라고 쓰여 있었다. 삽화를 보니 말도 아니고, 사슴도 아니고, 기린도 아닌…… 머리는 얼핏 코뿔소를 닮았지만 뿔은 없고 체형 또한 완전히 다른…… 난생처음 보는 괴상한 생물이었다. 그런 이상하고 거대한 생물이 수십마리씩 몰려다녔다니……

나는 그 뼈대를 아주 오랫동안 바라보고 서 있었는데 그러고 있자니 심장이 조금씩 빠르게 뛰기 시작했다. 머릿속에서 나는 그 거대한 뼈에 살을 붙이고 가죽을 입히고 털이 솟게 만들었다. 그리고 그 동물이 숨을 들이쉬고 내쉬며 천천히 걸음을 옮기는 장면을 상상해보았다. 그것은 실로 경이로운 광경이었다. 나는 마치 환각에 빠진 것처럼 압도적으로 거대한 그 동물 무리가 초원을 거니는 모습을 보았고, 땅에서 울려오는 진동을 느꼈으며, 그들의 울음소리를 들었다. 그것은 지나치게 낯선 광경이었다. 도무지 이 세계의 풍경이라는 생각이 들지 않았다. 지금까지 영화나 애니메이션 혹은 그림을 통해 수없이 보아온 공룡과는 다르게 이 생물은 존재했다는 사실만으로도 나를 전율케 했다. 어떤 불가해한 것을 마주한 듯한, 내가 알고 있던 세계가 통째로 뒤흔들려버린 듯한 기분이었다. 나는 이 생물에 대해, 그리고 내가 전혀 알지 못하고 있던 세계에 더 알고 싶다는 열망에 타올랐다. 그래서 안내판에 적힌 이름, 인드리코테리움이라는 학명을 메모한 뒤 곧바로 자연사박물관을 빠져나가 서점을 찾아헤매기 시작한 것이다.

그날 오후 나는 선영과 헤어진 후 다시 서점에 들어가 신생대에 관한 책을 몇권 찾아냈고 곧바로 집으로 돌아와서 탐독하기 시작했다. 그런데 책들이 일본어로 되어 있고 삽화가 많지 않아 독해하기가 까다로웠다. 특히 생물학이나 지질학에 대한 지식이 전혀 없는 내가 이해하기에는 무리가 있는 책들이었다. 내가 알아낸 사실은 인드리코테리움이 지구상에 존재했던 동물 중 가장 큰 몸집을 지닌 육상 동물이라는 것과, 신생대 아시아 지역에 살았다는 것 정도였다. 책에는 삽화보다 표가 더 많았다. 지구의 시대는 퇴적된 지질 순서에 따라 고생대, 중생대, 신생대로 분류되고 신생대는 플라이오세, 올리고세, 에오세 등으로 분류가 되는데 인드리코테리움은 에오세 후기에 번성했던 동물이라고 했다. 백악기니 쥐라기니 하는 것이라면 몰라도 올리고세니 에오세니 하는 것은 내게 완전히 낯선 단어였다. 어쨌든 그 기이한 생물에 대해서는 키가 커 더 운 기후에서 자라는 나무 꼭대기의 어린 잎을 먹으며 살았다는 것 외에 그다지 밝혀진 것이 없어 보였다. 나는 조금 실망스러운 기분 이 들었다. 그 생물을 좀더 알고 싶었기 때문이다. 어쩌다가 그런 큰 몸집을 갖게 되었는지, 어떤 식으로 그 큰 몸을 움직였는지, 또 어떤 식으로 무리 안에서 소통했는지, 그리고 어떻게 사라지게 되 었는지……

서점에서 잘못 골랐는지 내가 사온 책들에서는 고생물들에 대 한 내용보다 오히려 화석을 발굴하는 과정에 대해 자세히 다루고 있었다. 그것은 내가 논문을 쓸 때도 자주 쓰는 수법인데 무언가를 확실히 밝혀내지 못했다면 그것을 탐구하는 과정을 구구절절이 늘 어놓는 것이었다. 그런데 그 과정이 의외로 흥미로웠다. 고생물학 자들이 어떻게 화석을 찾아내는지에 대해서는 전혀 생각해본 적이 없었기 때문이다. 고생물학자들은 각각의 지질층에서 원하는 화석 을 찾아내기 위해 아주 조심스럽게 걸어다니며 화석으로 의심되는 모든 것들을 확인한다. 이를테면 인드리코테리움의 뼛조각을 찾 고 싶으면 에오세의 지질층 위를 걸어다녀야 하는 것이다. 운이 좋 으면 뼛조각을 찾아내고 아주 운이 좋으면 조금 더 큰 뼛조각을 찾 아내는데, 천운을 지닌 고생물학자만이 그럭저럭 복원 가능한 '거 의' 온전한 뼈를 발견해낼 수 있다고 한다. 물론 한 생물의 모든 뼛 조각을 찾아내는 건 불가능하기 때문에 수많은 뼛조각을 맞추면서 그 공백을 메우는 것이 중요하다. 이렇게 하나의 생물종을 발견해내는 과정이 그 책들에 담겨 있었다. 나는 그 과정이 언어의 역사를 탐구하는 과정과 놀랍도록 유사하다는 생각을 했다. 사멸된 언어를 찾아내는 일도 그와 크게 다르지 않았기 때문이다. 하나의 언어가 아닌 다양한 언어, 유사성을 지닌 언어군, 현시대에는 실생활에서 쓰이지 않는 언어에서 어휘의 파편들을 찾아 그것을 조합하고 유기적으로 연결해내는 게 언어사 연구방법이었다. 나는 알타이어 계통에서 우리말이 어떻게 진화해왔는지 연구하는 논문을 준비하고 있었고, 그 진화과정의 공백을 메꾸는 일이 바로 내가 하는 일이었다. 나는 어쩌면 잃어버린 어떤 것들을 찾아내는 과정은 모두 비슷한 것이 아닌가 하는 생각을 하게 되었다.

며칠 후 미유끼에게 연락이 왔다. 그녀는 내게 일을 소개해주어서 고맙다고 했다. 선영은 굉장히 다정하고 재미있는 여자인데다가 출판사를 돌아다니면서 일하는 모습이 꽤나 인상적이었다는 것이었다. 그녀는 통역 일이 재미있었으며 카네하라 히또미와 호리에 토시유끼를 보았다며 신기해했다. "그리고 또 누구를 봤는지 알아요? …… 타까하시 겐이찌로오요!" 나는 그녀가 말한 작가 중에 아는 사람이라고는 한명도 없었지만 그녀가 매우 기분이 좋아 보였기 때문에 굉장한데, 하고 대꾸해주었다.

미유끼는 선영과 일하면서 꽤나 가까워졌는지 선영이 출국하는 날 오전에 자연사박물관에 함께 가기로 했다고 말했다. 그녀는 우에노에 살면서도 초등학교 때 이후로 한번도 그곳에 간 적이 없다면서 기대가 된다고 했다. 그러고는 내가 그녀에게 거기 꼭 가보라고 했다는 말을 들었다면서 괜찮다면 함께 가는 게 어떻겠느냐고 물었다. 내가 가겠다고 하면 자신도 남자친구를 데려오겠다고도 했다. 남자친구? 내가 의아해하자 그녀는 조금 쑥스러워하는 듯한 말투로 마사히로 군과…… 다시 만나기로 했어요,라고 했다. 그가 찾아와 그동안 자신이 무신경했음을 인정하고 진심으로 사과했으며 앞으로 그녀의 가치관과 올바른 정치적 사고에 대해 배워나가겠다고 다짐했다는 것이다. 미유끼는 자기가 오해한 부분도 있었고…… 여하튼 자세히 말하긴 그렇지만 아무튼 그렇게 되었다고 했다. 나는 그녀의 결정이 마음에 들지 않았음은 물론 허탈한 기분까지 들었지만 남의 일에 이래라 저래라 할 수는 없는 노릇이었다. 그녀와 나는 그저 한시적 사제관계였을 뿐 그 이상은 전혀 아니었으니까. 나는 그렇게 구성된 인원으로 자연사박물관에 가는 것이 내키지는 않았지만 제안을 거절하지 못했다. 외국에 있으면 이유는 알 수 없지만 왠지 약속을 거절하기 어렵게 된다. 정말 알 수 없는 일이다.

우리가 우에노 공원에 간 날은 갑자기 여름이 찾아온 것처럼 무더웠다. 이제 초여름이었지만 거의 한여름처럼 덥고 습했다. 우리는 모두 날씨에 맞는 복장 선택에 실패했고 공원을 걸어 자연사박물관에 도착했을 때에는 다들 땀을 비 오듯 흘리고 있었다. 선영은 애초에 여름옷을 가져오지 않았을 터였고 오전에도 미팅이 있었기 때문에 나름 비지니스룩을 입고 있어서 유난히 더워했다. 미유끼는 선영에게 서울의 여름도 토오꾜오처럼 덥나요? 한국과 일본은 계절의 흐름이 같나요? 같은 질문들을 했고 마사히로는 하아, 아쯔이, 아쯔이네,라는 말을 질리지도 않고 끊임없이 해댔다. 선영은 서울의 여름도 덥긴 하지만 오월부터 이렇게 덥고 습하지는 않다고 대답했다. 나는 아무 말도 하지 않았다.

나는 선영과 거리를 두고 걸었다. 왠지 키노꾸니야 서점에서 만났을 때와는 분위기가 달랐다. 타인들과 함께 있어서인지, 아니면 그때는 우연한 만남이 우리의 어색함을 잠시나마 해소해주었던 것인지 나와 선영은 만났을 때 인사를 나눈 것 외에는 전혀 대화를 나누지 않았다. 나는 더위와 함께 심리적 불편도 견뎌내야 했다. 속 없이 아쯔이, 아쯔이 소리만 해대는 마사히로가 짜증스럽게 느껴졌다. 그래도 자연사박물관 안으로 들어가자 분위기가 조금 나아졌다. 일단 선영이 거대한 고래 조형물을 보고 감탄사를 내뱉었고 마사히로도 스게, 스게, 하면서 호들갑을 떨었다. 마사히로는 전시품을 볼 때마다 거의 한번도 빠짐없이 스게, 스게, 하면서 감탄하는 것을 잊지 않았고 미유끼는 그 모습에 나름 만족해하는 것 같았다. 나는 그들을 보면서 아주 오래전 선영과 나의 모습을 떠올렸다.

어렸을 때 만난 우리도 함께 무언가를 보면서 신기해하고 감탄하던 시절이 있었다. 문득 월미도에 놀러갔을 때 새우깡을 던져주면 절대로 놓치는 법 없이 받아먹는 갈매기들을 보며 신기해하던 일이 생각났다. 갈매기들은 웬일인지 양파링은 받아먹지 않았다.

"아마도 갈매기여서 해산물을 좋아하는 것 아닐까?"

선영의 말에 자갈치와 꽃게랑을 사서 갈매기에게 던져주었는데 그것들은 꼬박꼬박 받아먹으면서 양파링은 기어코 받아먹지 않는 갈매기를 보고 우리는 함께 숨이 넘어갈 듯이 웃었다. 우리는 함께 만나는 친구들에게 월미도에 가게 되면 절대 양파링은 사들고 가지 말라고 말하는 것을 좋아했다. 그것은 우리가 가장 좋아하는 이야깃거리 중 하나였다.

선영과 내가 결혼할 때만 해도 우리는 이십대에 불과했고 먼 미래에 대해서는 생각하지 않았다. 아주 먼 미래에 대해 생각하지 않아도 되는 것은 젊은이들만의 특권이니까. 그저 언제까지고 같이 있고 싶다는 단순한 생각에 결혼을 했던 것 같다. 동갑내기 커플이었던 우리는 또래 중에 가장 먼저 결혼한 편이었다. 결혼생활은 전혀 특별하지 않았다. 우리는 상상해오던 것처럼 열정적으로 사랑을 나누지도 않았고 남들 말처럼 원수처럼 서로 죽일 듯이 싸우지도 않았다. 가끔 가벼운 말다툼만 있었을 뿐이다. 그러다가 우리는 결혼 후 일년도 되기 전에 이혼에 합의했다.

일이 어떻게 그렇게 흘러갔는지 지금으로서도 정확히 이해하기가 쉽지 않다. 우리의 삶이 우리의 기대와 같지 않았기 때문이었을까. 누가 먼저 그 이야기를 꺼냈는지도 기억나지 않는다. 언제까지고 함께 있고 싶어서 결혼을 결정했던 것처럼, 그저 더이상 그러고 싶은 마음이 들지 않았기 때문에 헤어지기로 했던 것 같다. 가족들을 설득하는 일에 비하면 법적 절차는 놀랍도록 간소했다. 가족들을 설득하는 것은 쉽지 않았다. 그러나 그때 우리는 그것이 우리의 공동의 목표인 것처럼, 철저히 계획해서 설득해나갔다. 지금 와서 생각해보면 왜 그렇게까지 이혼이라는 것을 하려 했는지 좀처럼 알 수가 없다. 어쨌든 서로의 가족을 설득하는 것은 우리가 마지막으로 함께한 공동작업이었다. 그리고 우리는 헤어졌다. 그뒤로는 그 일이 마치 일어나지 않았던 것처럼 지내왔다. 나는 그 일을 지나간 한번의 계절처럼 기억하고 있을 뿐이었다. 그런 생각을 하니 우리가 일본에서 자연사박물관을 함께 구경하고 있는 것은 그야말로 웃기는 일이라는 생각이 들었다. 다시는 만나지 않을 줄 알았는데 어쩌다가 이런 곳에서 고래 내장 따위를 같이 구경하게 되었을까.

우리는 우주관, 지구환경관, 생명진화관, 현세동물관, 미생물관을 거쳐 이윽고 중앙 홀에 있는 고생물 전시관에 당도했다. 나는 막상 그곳에 들어서니 마음이 조마조마했다. 내가 본 인드리코테리움이 일행에게(특히 선영에게) 그다지 감흥을 주지 못하면 어떡하나 염려가 되었다. 어떻게 보면 그저 아주 큰 사슴의 뼈일 뿐 아닌가, 하는 생각마저 들었다. 자연사박물관에서 가장 큰 공간을 차지하고 있는 고생물 전시관에는 오비랍토르, 스테고사우루스, 티라노사우루스, 브론토사우루스 등 사람보다 작은 것부터 천장에 닿을 듯 거대한 것들까지 수많은 공룡 화석들이 전시되어 있었다. 그리고 가장 눈에 잘 띄는 곳, 도저히 안 보고 지나칠 수는 없는 곳에 인드리코테리움이 환한 조명을 받아 위용을 드러내며 서 있었다. 그 거대한 생물은 다행히 내가 기억하고 있던 것보다 더욱 인상적인 모습으로, 누구나 감탄할 수밖에 없는 압도적인 위엄을 자랑하고 있었다. 우리는 공룡들의 뼈대를 하나하나 보면서 조금씩 그쪽을 향해 갔다. 우리 넷은 공룡들을 구경한 뒤 마지막으로 인드리코테리움 앞에 서서 다같이 고개를 쳐들고 그것을 바라보았다. 스게…… 마사히로는 이번에야말로 정말로 깊은 인상을 받은 듯했다. 그는 호들갑을 떨지 않고 감탄사를 조용히 뇌까렸다. 한참 그 뼈대를 바라보고 있던 우리 넷 중 미유끼가 가장 먼저 입을 열었다.

"나 이거 알아. 학교에서 배웠어. 고래를 제외하면 지구상에 존재했던 포유류 중에 가장 큰 동물이래."

그녀는 그 말을 한번은 한국어로, 한번은 (마사히로를 위해) 일본어로, 두번 말했다. 나는 그녀의 말에 약간 충격을 받았다. 그렇구나. 일본에서는 학교에서 인드리코테리움에 대해 배우는구나……

"정말? 그런 걸 학교에서 배웠단 말이야?"

마사히로가 말했고, 미유끼는 마사히로 군이 과학시간에 집중을 하지 않아서 모르는 것이라고 장난스레 타박했다.

그 둘이 인드리코테리움을 충분히 구경하고 나서 다른 곳으로 천천히 걷기 시작할 때까지 선영과 나는 아무 말 없이 그것을 바라보고 있었다. 그러다 그녀가 한참이 지나서야 조용히 말했다.

"나는 몰랐어…… 이런 게 있었는 줄은."

그것은 혼잣말 비슷한 것이긴 했지만 이날 우에노에서 우리가 만난 뒤 인사말을 제외하고는 처음으로 내게 건넨 말이었다. 나는 그녀가 충분히 오랫동안 그 생물을 바라보기를, 그것이 살아 움직였던 머나먼 과거를 상상해보기를, 그것의 호흡을 느끼기를 기대하면서 아무 대답도 않고 함께 옆에 서 있었다. 그녀는 꽤 오랫동안 인드리코테리움을 바라보았다. 그녀가 나만큼 그 생물을 보고 전율을 느꼈는지는 모르겠다. 한참 동안 그것을 바라보던 그녀는 들릴 듯 말 듯 작은 소리로 중얼거렸다.

"이것들도…… 자기들이 영원할 줄 알았겠지?"

서울로 돌아온 후 나는 선영을 다시 만난 적이 없다. 미유끼와는 메일을 몇번 주고받긴 했지만 그것도 한때였다. 나는 우에노의 정원 딸린 집에서 대학로의 원룸으로 다시 돌아왔고 나와 사이가 좋지 않던 시간강사와도 여전히 서먹한 관계로 지내고 있었다. 언제까지 대학에서 강의를 할 수 있을지, 졸업논문은 과연 쓸 수 있을지는 전혀 알 수 없었다. 일년간의 토오꾜오 생활은 내 경력에는 그다지 도움이 되지 않았지만 그래도 사회생활에서는 여러모로 도움이 되었다. 와세다 대학에서 강의를 했다는 것 하나만으로도 학생들은 충분히 만족스러운 감탄사를 내뱉어주었다.

나는 토오꾜오에 대해 생각할 때면 네사람이 함께 자연사박물관에 갔던 우스운 우연을 자주 떠올리곤 한다. 그외에는 일본에서 있었던 일 중 기억나는 것이 거의 없다. 선영의 마지막 말에는 어떤 의미가 있었을까? 이제 와서 생각해봤자 아무 소용이 없는 일일 것이다. 그런데 이상하게 그때의 자연사박물관과 인드리코테리움을 떠올릴 때면 과거가 아닌, 오히려 먼 미래에 대한 상상에 빠져들게

된다. 아주아주 먼 미래에 대해. 나와, 선영과, 미유끼와, 마사히로
가 모두 사라지고 우리를 기억하는 사람 또한 아무도 없는 아득히
먼 미래에 대해. 자연사박물관도, 인드리코테리움의 뼈대도, 언어
조차도 남아 있지 않은 아주 먼 미래에 대해서 말이다.

음악의 즐거움

전립선암

　나는 처음에 현수가 전립선암에 걸렸다는 이야기를 듣고 웃어
버렸다. 하지만 그것이 꽤나 심각한 병이라는 사실을 알고 나서 나
는 지금이야말로 진지하게 우리의 삶을 돌아봐야 할 때라는 걸 깨
달았다. 우리는 뜻하지 않은 삶의 위기에는 전혀 대비를 하지 않은
채 살고 있었던 것이다. 그 흔한 실비보험 하나 없었다. 생각해보면
우리의 삶은 일상을 무너뜨릴 수 있는 무언가가 우리에게 닥치면
그걸로 끝인 위태로운 것이었다. 현수는 결혼을 한번 했는데 일년
도 채 못 살고 이혼했고, 나는 연애는 종종 했지만 그다지 의미있
는 만남들은 아니었다. 나이가 들고 보니 우리는 주변에 서로 외에

는 가까운 사람이 없다는 사실을 깨달았다. 대부분 그럭저럭 지내는 사이일 뿐이었다. 우리가 음악이라는 걸 하기 시작한 지도 벌써 이십년 가까이 되었다는 사실은 놀랍기 그지없다. 이는 우리 나이가 벌써 마흔 줄에 가까웠다는 뜻도 된다. 시간은 염병할 만큼 빨리 흐른다.

록큰롤 스타

우리가 처음 만났을 무렵, 그러니까 거의 이십년 전 나는 열여덟 살이었고 록큰롤 스타가 되는 게 꿈이었다. 너바나의 「MTV 언플러그드 인 뉴욕 라이브」 영상을 보고 기타를 배우기 시작했는데, 지미 헨드릭스가 우드스톡에서 마치 바다처럼 출렁이는, 정말이지 인평선(人平線)이 보일 정도로 모인 수십만명의 사람들 앞에서 「헤이 조」를 노래하는 모습을 보고는 내가 원하는 것을 분명히 깨달았다. 현수와 나는 한창 성장할 나이에 서로 음악을 나눠들으며 시간을 보냈다. 우리는 런던 국회의사당 앞에서 「아나키 인 더 유케이」를 부른 섹스 피스톨스에게서 반항을, 무대 위에서 기타를 부수던 클래시에게서 패기를, 스미스에게서 감성을, 프린스에게서 열정을, 패티 스미스에게서 광기를, RATM에게서 분노를 배웠다. 우리에게 다른 선택은 없었다. 변호사도 지리학자도 소설가도 아닌, 록큰롤 스타가 되어야만 했다. 록큰롤 스타가 되는 방법은 간단하다. 그것은 다음과 같은 순서로 이루어진다.

1) 기타를 배운다. 2) 밴드를 결성한다. 3) 끝장나는 곡을 쓴다. 4) 끝장나는 공연을 한다. 5) 유명해진다. 6) 록큰롤 스타가 된다.

그래서 우리는 기타를 배웠고 약 일년 후에는 기본코드 운용과 필수적으로 익혀야 할 전설적인 리프들은 물론 펜타토닉 스케일, 블루스 노트 스케일, 믹솔리디안 스케일 등 고난도 테크닉까지 마스터했다. 그리고 현수와 본격적으로 밴드를 결성한 다음 많은 록큰롤 스타들이 그러하듯이 리바이스 501 빈티지 청바지를 입고 유광 닥터마틴 부츠를 신었으며 잭다니엘스를 마시고 말보로 레드를 피웠다. 그러나 담배연기 자욱한 지하 연습실에서 술이나 마시며 남의 곡을 좀 긁적거린다고 록큰롤 스타가 될 수는 없었다. 1단계와 2단계를 거쳤으면 3단계로 진입해야 했다. 곡을 쓰는 것은 전혀 어렵지 않았다. 코드를 정하고, 리프를 만들고 멜로디와 가사를 입힌 후 적당한 부분에 기타 솔로를 집어넣으면 끝이었다. 우리는 꽤 많은 곡을 썼다. 하지만 우울한 사실은 그것들이 끝장나는 곡이 아니었다는 것이다. 이제와 솔직히 말하자면 끝장나지 않는 정도가 아니라 그럭저럭 들어줄 만한 수준도 못되었다. 나와 현수는 점점 우울해졌는데 우울함은 예술가라면 갖춰야 할 필수적인 덕목이지만 우리에게는 끝장나는 곡이 없었다. 우리는 시대가 변함에 따라 리바이스 501 빈티지 청바지와 적당히 낡은 유광 닥터마틴 대신 스키니진을 입고 스니커즈를 신었지만 우리에게는 끝장나는 곡이 없었다.

끝장나는 곡을 만드는 방법

많이 듣기(베끼기)

잉글랜드가 낳은 세계적 록그룹 오아시스의 리더이자 기타리스트인 노엘 갤러거는 어떻게 그렇게 끝장나는 노래들을 많이 만들 수 있느냐는 기자의 질문에 이렇게 대답했다. "그냥 비틀즈의 명곡들을 가져다가 코드와 멜로디를 베낀 다음 조금만 바꾸면 된다. 그러면 CD가 좆나게 팔린다." 이 방법은 기존 음악—새로운 영감—새로운 음악이라는 프로세스에서 중간 단계를 생략한 것인데, 기존 음악이 자기 변형을 통해 새로운 음악이 될 수 있다는 참신한 이론이다. 이것은 실제로 이미 훌륭함이 증명된 다른 록큰롤 스타들도 자주 사용하는 방법인데 그들은 간혹 다른 사람의 곡이 아닌 그들 자신의 곡을 베끼기도 한다.

많이 만들기

단순히 음악을 많이 듣기만 해서 좋은 곡이 나온다면 우리나라 최고의 작곡가 자리는 아마도 임진모(1959년생 음악평론가)가 차지하게 될 것이다. 라디오헤드의 리더 톰 요크는 수백곡의 노래를 만든 다음 그중에서 특별히 좋은 곡만 골라서 발표했고, 록큰롤 스타가 되었다. 섹스 피스톨스는 한 음반에 스무개가 넘는 곡을 수록

했는데 그중에 두곡 정도가 성공했고, 록큰롤 스타가 되었다. 이렇듯 많이 만드는 것은 중요하다. 『내셔널 지오그래픽』에서 삼십년 넘게 사진작가로 활동하면서 경이로운 사진을 수없이 남긴 로버트 카푸토는 좋은 사진을 찍는 법에 대해 이렇게 말했다. "무조건 많이 찍어라. 그중 몇개는 좋을 수밖에 없다."

많이 고치기(다시 만들기)

폴 매카트니가 「미셸」의 앞부분을 만들어서 존 레넌에게 들려줬을 때 존은 그 노래가 지루하다고 생각했다. 그래서 존은 그 자리에서 'I love you'라는 문장을 세번 반복하는 유명한 후렴구를 만들었는데 링고 스타와 조지 해리슨은 그 부분이 앞부분과 너무 어울리지 않았기 때문에 그 노래가 완성되지 못할 것이라고 생각했다. 하지만 폴은 브리지를 수정했고 「미셸」은 끝장나는 곡이 되었다. 그런데 생각해보니 비틀즈는 이미 그 곡을 만들기 전부터 록큰롤 스타이긴 했지만…… 아무튼 다시 만드는 것은 중요하다. 음악의 신 베토벤도 자신이 쓴 곡을 수백번이고 고쳤다. 고치고 고치고 또 고치다보면 안 좋아지고는 못 배긴다.

쓰레기통 걷어차기

현수는 언젠가 내게 이런 이야기를 들려준 적이 있다. 그린데이가 데뷔 앨범인 『두키』를 내고 천만장이 넘는 판매고를 올리면서 세계적으로 네오펑크의 붐을 일으켰을 때 『롤링 스톤』지의 기자가 그룹의 리더인 빌리 조에게 도대체 펑크란 무엇인지 질문했다. 빌리는 옆에 놓인 쓰레기통을 걷어차고는 이렇게 대답했다. "이게 펑크입니다." 기자는 빌리가 쓰러뜨려놓은 쓰레기통을 걷어차면서 "이게 펑크라고요?"라고 물었는데, 빌리는 "아니요, 그건 그냥 유행을 따르는 거죠"라고 대답했다. "우리는 이미 엎어져 있는 쓰레기통에, 그것도 헛발질만 계속하고 있는지도 몰라" 하고 현수는 우울한 목소리로 말했다.

시간의 속도

우리는 애초의 기대와 달리 십년이 지나도록 3단계를 넘어서지 못했다. 그러니 끝장나는 공연(4)을 할 일도 없었고 유명(5)해질 일도 없었으며 결국 록큰롤 스타(6)가 될 일도 없었다. 그냥 그저 그런 미니 앨범을 두장 정도 낸 뒤 그저 그런 공연을 꽤나 많이(대개는 먼지냄새 나는 지하 클럽에서) 하다보니 놀랍게도 이십년 가까운 시간이 지나 있었다. 다시 한번 말하지만 시간은 정말이지 염병할 만큼 빨리 흐른다.

전립선암의 위험성

전립선암은 웃음거리가 아니라는 걸 이제 나는 안다. 현수는 전립선암 판정을 받고는 일년도 채 버티지 못하고 죽어버렸다. 나는 기저귀를 찬 현수와 이미 지나간 일들, 돌아오지 않을 시간에 대한 이야기를 나누었다. 노년에나 할 법한 그런 일을 이 나이에 하게 될 줄 나는 상상도 하지 못했다. 나는 현수가 걸리기 전까지는 그런 암이 있는지도 몰랐다. 그런데 현수가 죽은 후로 이상하게 소변을 볼 때 시원하다는 느낌이 들지 않는다. 볼일을 보고 나서도 자꾸 화장실에 다시 가고 싶어진다. 기분 탓이려니 싶지만, 어쩌면 나도 현수처럼 전립선암에 걸릴지도 모른다는 생각을 하게 된다. 그리고 나는 그게 얼마나 위험한지 이제 잘 알고 있다.

우리가 발견한 것

어쩌면 우리는 무언가 발견했어야 했는지도 모른다는 생각을 한다. 그러니까 우리가 유별나게 운이 좋거나 남의 곡을 그럴듯하게 베낄 재능이 있지 않다는 사실을 깨달았을 때, 그때 뭐라도 발견했어야 했을지도 모르겠다. 누군가는 알고 있는 삶의 비밀 같은 거. 대부분의 사람들은 적어도 무언가 하나는 발견하지 않았을까…… 하다못해 체념하는 방법 같은 것이라도 말이다. 우리가 음악에서 즐거움이라도 발견했다면 어땠을까. 곡을 쓰거나 공연을 할 때 언젠가 한번쯤 그런 것의 파편 정도는 발견한 적이 있었을지도 모르겠다. 생각해보면 어렴풋한 희열의 순간은 분명 있었던 것 같다. 그러나 염병하게도 빠르게 흐르는 시간 속에서 이제는 다 잊어버렸다. 그 파편을 잡고 늘어졌다면 혹시 아나? 3단계를 넘어섰을지도 모르지. 그러나 우리가 끝내 발견한 것은 전립선암의 위험성뿐이었다.

특히나 영원에 가까운 것들

나는 경험을 통해 지루함이 사람을 죽일 수도 있다는 사실을 알게 되었다. 이 말은 결코 과장이 아니다. 외할아버지의 부고를 들었을 때 나는 사방이 꽉 막힌 작업공간에서 지루한 노동을 반복하며 하루의 대부분을 보내고 있었다. 그 시기에 나는 매 작품마다 수많은 사람들이 잔혹하게 살해당하는 그리스비극을 머릿속으로 암송하며 매일매일 끊어질 듯한 숨을 연장하고 있었다. 아마 그렇게 하지 않았더라면 나는 지루함이라는 괴물에 잡아먹혔을 것이다. 잘근잘근 씹히고, 짓이겨지고, 꿀꺽 삼켜지고…… 아니, 나는 사실 매일 죽었다. 극한의 지루함이 나의 영혼에 경련을 일으키고 심장을 쥐어짰다. 지루함은 권태와 다르다. 권태가 아주 천천히 목을 졸라오는 그림자 같은 것이라면 지루함은 역설적이게도 순식간에 목을 잘라버리는 기요떤 같다. 물론 내가 매일 죽었다는 것은 수사적 표현에 불과하지만(나는 살아서 이 글을 쓰고 있으니까) 나는 그때 정말이지 매일매일 죽음과도 같은 시간을 견뎌내야 했다. 나는 살아남아야 해서 그리스비극을 외웠다. 이건 진실이다. 그러지 않았더라면 나는 미쳐버리거나 자살했을 것이다. 나는 나와 같이 그 공간에서 일하던 사람들이 어떻게 그 시간을 견뎌낼 수 있었는지 지금도 알지 못한다.

외할아버지가 죽은 뒤 얼마 지나지 않아 나는 우정희라는 노인을 만났는데 그는 평생을 방 안에 틀어박혀 로마신화와 그리스비극만 번역해온 사람이었다. 그는 라틴어로 된 오래된 텍스트를 우리말로 옮기는 데 평생을 바쳤고 나를 만났을 무렵에는 이제 죽을 날만 기다리는 늙은이가 되어 있었다. 처음 그를 보았을 때도 그는 곧 죽을 것처럼 병들고 지쳐 있었는데 그럼에도 여전히 새로운 작품을 우리말로 옮기는 작업을 하고 있었다. 당시 나는 나보다 두 살 많은 재연이라는 여자와 사귀고 있었다. 그녀와 둘이서 우정희를 만났고 우리 셋은 꽤 긴 대화를 나눴다. 나는 그 대화를 통해 외할아버지의 죽음에 대한 진실을 알게 되었다. 아니 실제로 알게 된 것은 아니고, 깨닫게 되었다고 하는 편이 옳을 듯하다.

그해 내가 일하던 공장에는 다섯명 정도의 직원이 있었다. 서로 직급은 달랐지만 하는 일은 대부분 비슷했다. 차이가 있다고 해도 아주 작은 차이였고 지독하게 지루한 일이라는 점에서는 기본적으로 동일했다. 나는 일을 시작한 지 몇개월 만에 견딜 수 없이 육중한 시간의 무게에 짓눌려 혼절할 지경이 되었지만 내 옆자리에 앉아서 일하던 오씨 성의 한 친구는(이름은 잊어버렸으니 편의상 그를 '오'라 부르기로 한다) 그곳에서 일한 지 일년 반이 되었고 지금은 성도 기억나지 않지만 우리가 주임이라고 부르던 사람은 그곳에서 무려 팔년이나 일했다고 했다. 팔년! 팔년이나 그 일을 했다는 것은 정말 믿을 수 없는 사실이었다. 주임이라고 해도 우리에게 가끔 일감을 할당할 뿐이지 종일 하는 일은 다른 사람들과 마찬가지였기 때문이다.

내가 그곳에서 한 일을 설명하는 데에는 오랜 시간이 걸리지 않는다. 소규모 제조업체인 그곳은 대기업에서 하청을 받은 중견기업에서 다시 하청을 받은 중소기업에서 또다시 하청을 받은, 그야말로 중소기업 중의 중소기업으로 오직 자동차 창문 스위치만 만드는 회사였다. 제조 공장은 경기도에 있었고 내가 일하는 서울 사무실에서는 그곳에서 만든 스위치를 검수하는 작업을 했다. 누구나 알다시피 자동차에는 각각의 문에 하나씩 네개의 스위치가 달려 있고, 운전석에 있는 스위치 패널에는 또 네개의 스위치 세트가 달려 있다. 내가 하는 일이란 운전석에 부착될 스위치 세트를 검사기에 꽂고 버튼을 한번씩 눌러 제대로 작동하는지 확인하는 것이었다. 검사기에 초록불이 뜨면 정상, 빨간불이 뜨면 불량이었다. 초록불이 뜨면 통과, 빨간불이 뜨면 반품. 초록불이 뜨면 왼쪽 통 안으로, 빨간불이 뜨면 등 뒤의 수거함으로. 그 흔한 문서 복사나 파쇄 작업 같은 잡일도 없이 오직 스위치를 눌러보는 것만이 내가 하는 일의 전부였고 또 그것이 앞으로 몇달, 몇년, 어쩌면 평생 동안 반복할 일이었다.

나는 처음에는 일을 하면서 가급적 머릿속을 비우려고 했다. 아무런 생각을 하지 않으려고 노력했다는 뜻이다. 하지만 아무 생각도 하지 않는 것은 당연히 불가능했고 내 사고는 저절로 맥락 없는 공상에 빠지거나 가까운 미래로 나아가거나 머나면 과거로 흘러들어가곤 했다. 점심 메뉴에 대해서 생각하기도 했고 재수 없는 주임이나 아무 생각이 없어 보이는 오에 대해서 생각해보기도 했다. 저 인간들은 스위치를 누르면서 무슨 생각을 할까, 대체 어떻게 해야 결코 끝나지 않는 이 노동을 저렇게 아무렇지 않은 얼굴로 견딜 수 있는 걸까? 그들은 적어도 겉보기에는 지루함을 느끼지 않는 듯했다. 그저 이 일을 하려고 세상에 나왔다는 듯이 종일 불평 없이 스위치를 누르고 또 눌렀다. 퇴근길에 오와 이야기를 몇번 나눠본 적이 있는데 대체로 우리 회사 지하에 있는 뷔페식 식당(주변에 다른 식당들이 있음에도 우리는 늘 그곳에서만 식사를 했다)에서 내놓는 반찬의 양념이 전부 똑같다는 식의 무의미한 대화들이었다. 그 식당에서는 수요일마다 삼겹살이 반찬으로 나왔는데 그래서 오는 늘 수요일만 기다린다는 이야기도 했다. 나는 그런 식당에서 주는 허접한 삼겹살 따위를 먹으려고 일주일을 기다린다는 사실이 우습다고 생각했다. 그리고 굳이 이야기하자면 그딴 허접한 삼겹살보다는 화요일마다 나오는 생선조림이 훨씬 나았고 나는 그래서 화요일을 더 선호했다. 어느날 그는 이런 말도 했다.

"나는 기다리는 일에는 자신이 있어. 그건 얼마든지 할 수 있어. 기다릴 때는 그냥 아무것도 안해도 되잖아."

나는 그 이야기를 듣고 오가 어떻게 그 시간들을 견디는지 조금은 짐작할 수 있었다. 나도 아주 가끔은 무념무상 상태가 되어서 방금 전까지 무슨 생각을 하고 있었는지 잊어버리기도 했다. 그러면서도 손은 계속 스위치를 누르고 눈은 기계에서 깜빡이는 불빛에 고정시키고 있을 수 있게 된 것이다. 그러나 그것은 아주 가끔, 그리고 기껏해야 일이십분 정도였고 곧 참을 수 없는 지루함이 엄습해왔다. 그렇게 보았을 때 어쩌면 주임이나 오는 내가 끝내 가보지 못한 어떤 경지에 도달했는지도 모를 일이다.

그곳에서는 해서는 안되는 행동이 몇가지 있었는데 귀에 이어폰을 꽂고 음악을 듣는다거나, 옆에 앉은 사람과 이야기를 나눈다거나, 의자에서 일어나 스트레칭을 한다거나 하는 따위의 지극히 인간적이며 일상적인 행동들이었다. 회사에서는 그런 짓을 하면 공장의 생산성이 떨어진다고 믿었다. 실제로 떨어지느냐고? 알 게 뭐람. 어쨌든 사장의 그러한 믿음이 나를 거의 미치게 하는 데 일조했다는 건 확실하다. 덕분에 우리는 공장에서 자연스레 발생하는 몇가지 소음을 제외하고는 완전한 침묵에 잠겨 자동차 창문 스위치만 딸깍거렸다. 가끔 웅웅 하며 용도를 알 수 없는 거대한 기계의 작동음이 들려오는 걸 빼면 우리는 종일 딸깍 딸깍 삑 딸깍 딸깍 삑 하는 소리만 들으며 하루며 이틀이며 사흘이며 나흘이며 아무튼 아득한 시간을 보냈던 것이다.

회사에서 금지한 것 외에도 절대 해서는 안되는 것이 하나 있었는데 그것은 시계를 보는 일이었다. 그곳에서의 시간은 바깥에서와는 다르게 흘렀다. 염병할 정도로 느리게 흘렀다. 그 자리에 못 박힌 듯 정지해 있는 분침을 바라보고 있자면 나는 정신이 아득해지며 퇴근시간은 물론이고 점심시간조차도 영원히 찾아오지 않을 것 같다는 불안에 빠져들었다. 물론 이윽고 점심시간은 찾아오고, 결코 오지 않을 듯했던 퇴근시간 또한 언젠가는 찾아왔다. 그건 정말이지 기적에 가까운 일이었다.

어머니가 외할아버지의 부고를 전해왔을 때 순간적으로 느꼈던 감정, 나는 그 감정에 대해서 별로 생각하고 싶지 않다. 그때 나는 앞에서 말한 대로 특수한 상황에 있었고, 그러니까 나는 거의 죽을 지경이었고, 어쨌거나 그 소식은 견디기 힘든 삶에 일종의 환기를 가져다주었다. 친족이 죽으면 얻을 수 있는 사흘간의 휴가. 그렇다고 내가 그 순간 곧바로 할아버지의 죽음과 사흘간의 휴가를 연결시켰던 것은 아니다. 중요한 것은 나를 짓누르며 반복되는 일상에 파문이 일었고 잠시나마 설렘이라는 감정을 느꼈다는 사실이다. 내가 그 전화를 받은 게 일주일 중 가장 힘든 목요일 오전이었다는 사실도 말해두고 싶다. 물론 변명이 되기에 충분하지 않다는 것은 안다. 어찌 되었든 할아버지가 죽었다는 소식을 듣고 그러한 감정을 느꼈다는 사실은 변하지 않으니까.

나는 전화를 끊은 후 주임에게 마치 대단한 특권이라도 얻은 것처럼 당당하게, 그러나 적어도 겉으로는 어느정도의 담담함을 유지한 채 부고를 고지하고 즉시 짐을 챙겨 사무실을 나섰다. 주임은 못마땅한 듯했지만 차마 나를 어쩌지 못했다. 아니, 할아버지가 죽었다는데 그가 (비록 겉치레일 뿐일지라도) 위로의 말을 건네는 것 외에 무슨 말을 더 할 수 있었을까.

마침 하늘도 눈부시게 맑았고 공기도 청량했으며 거리에는 평일 낮 특유의 한적함이 내려앉아 있었다. 쇳소리 같은 각종 소음이 들려오는 공업단지의 골목길을 지날 때 나는 허공을 걷는 듯한 기분이었다. 할아버지는 죽음으로써 나를 구원했다. 그는 예수였다. 비록 부활하지는 못하겠지만, 나에게 사흘간의 휴식을 안겨준 나의 구원자. 그러나 그 기분은 그리 오래가지 않았다. 집에 가서 검은 옷으로 갈아입으면서 새삼 할아버지의 죽음이 어떤 의미인지 깨달았기 때문이다. 그가 영원히 이 세상을 떠났다는 사실, 그와 마지막으로 이야기를 나눈 것도 이제는 기억조차 나지 않는 먼 과거의 일이 되긴 했지만 다시는 그와 이야기를 나누지 못한다는 사실, 어쨌든 현재 나와의 관계를 떠나 내가 아는 한 사람이 이 세계에서 완전히 사라졌다는 사실이 나를 급작스러운 우울감에 빠뜨렸다. 생각해보면 그는 적어도 내게는 다정한 편이었고 내가 어머니의 기대와 다른 방향의 삶을 택해도(이를테면 중학교 때 성적이 나쁘지 않았음에도 실업계 고등학교에 진학하기로 결심했을 때라든지) 다 자기 길이 있는 법이라며 내 편을 들어주었다. 그는 아주 어릴 때지만 내게 천자문을 가르쳐주기도 했고, 가끔은 눈 쌓인 뒷산 약수터에 나를 데리고 가주기도 했다. 십년 가까이 잊고 지낸 그에 대한 기억들이 떠오르면서 슬픔이 밀려왔다. 그러자 내가 어머니의 전화를 받고 느낀 해방감의 크기만큼 죄책감이 찾아왔다. 누군가가 죽었고, 그것으로 인해 내가 설렘을 느꼈다는 사실이 나의 마음을 아프게 했다.

장례식은 외할아버지가 생전에 다니던 성당에서 치러졌다. 할아버지는 평생을 신앙 없이 살아왔지만 죽기 이년 전쯤부터 이모의 권유로 성당에 다니기 시작했다. 더이상 살 날이 얼마 남지 않은 다른 많은 노인들이 그러하듯이 아마 할아버지도 죽음의 두려움을 믿음으로써 극복하고 싶었던 모양이다. 신실한 천주교 신자인 이모는 성당에 들어선 나를 보자마자 할아버지를 뵙기 전에 고해성사를 하라고 종용했다. '냉담자'는 할아버지를 추모하기 전에 꼭 고해성사를 통해 죄 사함을 받아야 한다는 것이었다. 나는 어린 시절 이모의 강요를 받은 어머니의 강요로 인해 세례를 받긴 했지만 한두달 동안의 세례과정을 마친 뒤에는 지금까지 이모의 고집에 못 이겨 몇번 발을 들인 것 외에는 성당에 나가지 않았으며 신앙이라고는 애초에 한줌도 없었기 때문에 고해성사를 하고 싶지 않다고 했지만 어머니까지 나서서 이모를 거드는 바람에 어쩔 수가 없었다. 이모가 하도 강경하게 나와서 어머니 자신은 물론이고 세례를 받지 않은 사람도 기어이 고해성사를 하고 나서야 빈소에 들어갈 수 있었다는 것이다. 나는 정말 내키지 않았는데 나를 알지도 못하는데다가 결국 따지고 보면 월급쟁이에 불과한 신부에게 내 죄(대체 무슨 죄?)를 털어놓는 일이 바보같이 느껴졌기 때문이다. 그러나 나는 어쩔 수 없이 이모의 뜻에 따를 수밖에 없었다. 고해실에 들어가서 그냥 아무 말이나 하고 나오는 게 이모와 입씨름을 벌이는 일보다는 편했으니까. 이모는 원래 쓸데없는 일에 곧잘 고집을 부리기도 했지만 유별나게 종교에 관해서는 막무가내로 고집을 피웠고 그것을 꺾는 것은 결코 쉬운 일이 아니었다. 이모의 신앙심이 어느 정도였느냐면 너무 신실한 나머지 어쩌다 알게 된 지방의 이름 모를 가난한 신부에게 그가 기거할 집을 하나 마련해줄 정도였다(그것이 신앙심과 무슨 상관이 있느냐고 묻는다면 딱히 할 말은 없다. 이모는 그냥 돈이 많은 것뿐일지도 모르겠다).

나는 성당 복도 한쪽에 연달아 놓인 두개의 문 앞에서 기다렸고 잠시 후 한 늙은 신부가 도착했다. 그가 먼저 들어갔고, 준비가 되었다는 뜻으로 문 위에 초록불(그래, 초록불이었다. 나는 초록불이라면 신물이 났기 때문에 들어가기 전부터 기분이 좋지 않았다)을 켰고, 나는 그가 들어간 곳의 옆문을 열고 들어갔다.

고해실은 어두웠고 서로 얼굴을 보지 못하도록 나무로 만든 가림막이 쳐 있었다. 신부는 낮고 거룩한 목소리로 나를 '아들'이라고 부르면서 내 죄를 고하라고 했다. 그 말을 듣고 나는 엉뚱하게도 신부가 되기 위해서는 분명히 목소리 테스트를 거칠 것이라는 생각을 했다. 방송 기자가 되려면 카메라 테스틀 통과해야 하는 것처럼. 그의 목소리는 테너처럼 울림이 컸다. 지금까지 나는 목소리가 높은 신부는 본 적이 없는데 엄숙함을 가장할 수 없는 사람은 신부가 될 수 없다는 사실은 생각해보면 우습기 그지없는 일이다.

그것이야말로 종교가 민중을 현혹하는 아편이라는 주장의 결정적인 증거가 아닌가 말이다. 나는 잠시 고민했다. 어머니는 그냥 그동안 성당에 나오지 않아서 죄송하다고 하고 앞으로는 열심히 다니겠다고 적당히 말하라고 했기 때문에 나는 처음에는 어머니가 시킨 대로 말하려고 했다. 그런데 막상 입을 열자 생각한 것과 다른 말이 튀어나왔다.

"저는 일을 하면서 늘 머릿속으로 그리스비극을 외웁니다. 하루종일 그걸 외우죠. 그런데 비극에는 정적은 물론이고 가족과 친지와 부모까지 누구 할 것 없이 잔혹하게 살해하는 장면이 아주 많이 나와요. 저는 그걸 매일매일 되풀이해서 중얼거리고요. 그러니까 지루함을 참을 수 없다는 이유로 사람들이 서로 죽고 죽이는 이야기를 매일매일 떠올리는 거죠. 그런데 그걸 그만둘 수가 없어요. 아마 그걸 하지 못하게 한다면 전 자살하고 말 거예요. 제가 교리라는 걸 들은 지 오래되어서 잘은 모르지만 자살은 하느님이 금한 가장 큰 죄악이라고 알고 있거든요. 그러니 절대 그런 일은 일어나서는 안되잖아요?"

그는 고민을 하는 듯 잠시간 말이 없더니 곧 입을 열어 엄숙한 목소리로 그리스비극을 암송하는 것 자체만으로 죄가 되지는 않는다고 말했다. 하지만 누군가를 해하는 일에 대한 생각을 하는 것은 좋지 않으니 비극을 외우는 건 그만두는 편이 좋을 듯하다고 했다. 그리고 내 말대로 하느님이 주신 생명을 스스로 끊는 것은 그 무엇보다 큰 죄이며 그런 죄를 지은 사람은 결코 천국에 이를 수 없다고 했다. 그러고는 미사에는 참석하느냐고 물었고 나는 참석하지 않는다고 대답했으며 그는 그것 또한 큰 죄라고 이야기했다. 나는 매일매일 고역스러운 노동에 시달리느라 주말에 성당까지 올 체력이 남아 있지 않다고 대답했는데 그는 오후에도 미사가 있으니 주말 오전에 충분히 휴식을 취하고 오후 미사에 참석하라고 했다.

"오후에 미사가 있다는 것은 저도 알아요. 하지만 오후가 된다고 피로가 말끔히 풀리는 게 아니거든요. 저는 이미 말씀드렸듯이 평일 내내 죽을 듯이 지루한 노동을 해요. 주말이 되면 평생 동안 육체노동을 하고 이제 죽을 날만 기다리는 노인만큼이나 기운이 없어요. 손가락 하나 까딱할 힘도 남지 않는다고요. 그리고 그리스 비극을 외우는 것도 그만둘 수는 없어요. 그러면 저는 분명히 죽을 거예요. 지루함이 저를 죽일 거예요. 그게 어떤 방식일지는 모르겠지만 적어도 제가 지루함을 견디지 못하고 죽어버릴 거라는 건 확실해요."

그 늙은 신부는 처음의 평온한 목소리에서 조금 달라진 톤으로 죽느니 어쩌느니 하는 일에 대해서는 그만 이야기하는 것이 좋겠다고 했다(아마도 나의 태도에 기분이 상한 듯했다). 그것은 하느님이 이미 계획해두신 대로 될 일이라는 것이었다. 그러고는 나와 더이상 대화를 나누고 싶지 않았는지 난데없이 성호를 긋더니 주님의 이름으로 나의 모든 죄를 사하여주겠다며 의례적인 톤으로 고해성사를 마무리했다. 그는 하느님이 주신 삶을 소중히 여기라고, 그리고 주기도문을 스무번, 사도신경을 스무번 외우라고 했다.

그것으로 고해성사는 끝이었다.

내가 고해실에서 나오자 문 앞에서 나를 기다리고 있던 이모는 흡족한 미소를 지었다. 평소에 어머니는 이모가 성당에 매달 엄청나게 많은 돈을 헌금한다고 비꼬는 듯한 말투로 얘기하곤 했는데 나는 그럴 때마다 아이고 이모 천국 가시겠네, 엄마도 천국 가려면 이모처럼 돈 좀 쓰고 그래,라고 장난스럽게 대꾸해서 어머니의 기분을 맞춰줬다. 이모가 천국에 갈지 안 갈지는 모르겠지만 어쨌든 이모는 진심으로 어머니와 내가 자신과 같이 천국에 가기를 바랐고 그래서 내가 고해성사를 했다는 사실 자체만으로도 흡족해했다. 나는 늘 이모에게 내가 천국에 갈 일은 없어요, 이모. 그건 이모도 마찬가지고요. 엄숙한 목소리로 진행하는 미사나, 그럴싸하게 지어놓은 이 건물이나, 모두 죽음의 두려움을 잊고 싶어서 치는 발버둥일 뿐이라고요, 하고 말하고 싶었지만 그러지 않았다. 그런 말을 내뱉고 나면 내가 그녀의 말을 모두 수긍할 때까지 끝나지 않는 설교를 들어야 했기 때문이다.

이모의 안내에 따라 나는 할아버지의 영정 앞에 국화를 올리고 고개 숙여 묵념을 했다. 그러고는 이틀 동안 십수명의 친척들과 수십명의 조문객들 사이에서 누구보다 침울한 얼굴로 자리를 지켰다. 나는 정말로 할아버지가 죽었다는 사실이 슬펐다. 그의 죽음을 가장 크게 실감한 것은 입관할 때였는데 입관 전 장의사가 시신의 자세를 바르게 한 뒤 삼베로 꽁꽁 싸맬 때는 거의 견딜 수가 없을 지경이었다. 할아버지의 비쩍 마른 늙은 몸을 장의사가 땀을 뚝

뚝 떨어뜨릴 정도로 있는 힘을 다해 싸맸고 할아버지는 점점 작아져갔다. 그건 이미 할아버지가 아니었고, 말하자면 그가 이 세상에 살아 있었다는 물질적 증거에 불과했지만 그럼에도 불구하고 나는 그 과정을 끝까지 똑바로 바라볼 수 없었다. 나는 고개를 숙인 채 소리 없이 울었다.

그런데 당시에는 분명히 느끼지 못했지만 며칠이 지난 뒤에 나는 그때의 상황이 조금 이상했다는 사실을 문득 깨달았다. 어느 한 순간 잠시 곡소리가 그치고(그 순간은 매우 짧았다) 가족들 사이에 정적과 함께 기이한 기류가 감돌았는데, 나는 고개를 숙인 채 눈물을 숨기느라 여념이 없었기 때문에 그 순간에는 그 상황을 제대로 인식하지 못했던 것이다. 그래서 나중에는 그런 일이 정말로 있었는지 헷갈릴 지경이 되기도 했지만 지금은 그런 순간이 분명히 있었다고 확신한다. 그 일이 무엇을 뜻하는지 알게 되었기 때문이다.

할머니는 할아버지가 편하게 가셨다고 했다. 낮에 동네 노인들과 종일 화투를 쳤고 그날 딴 돈으로 소주를 마시고는 적당히 취기가 있는 얼굴로 돌아와 곧장 잠자리에 들었는데 그것으로 끝이었다고 했다. 할머니가 아침에 깨어났을 때에는 이미 숨이 멎은 후였다고. 조문객들은 할아버지가 얼마나 복이 많았으면 큰 병 한번 앓지 않고 그렇게 편히 가셨겠느냐고 했다. 그게 다 할아버지가 덕을 쌓고 살았기 때문이라고도 했다. 그런데 세상에 인과율이라는 게 있다면 내가 봤을 때 할아버지는 그렇게 복이 많을 수 없는 타입의 사람이었다. 할머니에게도 못할 짓을 많이 했고, 딸들에게도 그렇게 좋은 아버지는 아니었다고 들었다. 동네에서의 평판도 그리 좋은 편이 아니었고…… 함부로 말할 수는 없지만 덕을 쌓은 삶이었는지는…… 나는 잘 모르겠다. 그런데 할머니는 할아버지가 평생자신을 아끼고 다정하게 대한 것처럼 이야기했다. 단 한번도 소리를 지르거나 폭력을 행사하거나 그녀를 멸시한 적이 없다는 듯이. 어린 시절 나는 아버지가 갑작스럽게 죽고 어머니가 일을 하러 다녀야 했기 때문에 몇년간 조부모 댁에 살았는데 그때만 해도 내가보고 있다는 사실에 아랑곳없이 할아버지는 할머니를 때리고 경멸하는 모습을 보이곤 했는데도 말이다. 그러나 그가 어떤 삶을 살았든 할머니의 말대로라면 생의 마지막에는 행운이 따랐던 게 분명했다. 여든살을 넘길 때까지 건강하게 살았고 동네 노인들과 화투를 친 뒤 집에 돌아와 자다가 죽는 것은 내가 아는 한 가장 평화롭고 이상적인 죽음이었다. 내가 읽은 그리스비극에 나오는 죽음들에 비하면, 아니 꼭 그것들과 비교하지 않더라도 누구나 바라는 평안하고 축복받은 형태의 죽음이었던 것이다.

재연은 가족이 아니었기 때문에 입관하는 곳에는 들어오지 않았지만 장지까지 함께 가주었고, 할아버지가 완전히 다 타서 가루가될 때까지 기다려주었다. 늦봄이었고 아직 본격적으로 여름이 시작되기 전이었는데 갑작스럽게 찾아온 더위로 기다리는 동안 무척이나 더웠던 기억이 난다. 나와 재연은 후텁지근한 대기실을 떠나나무 그늘이 있는 벤치에 앉아 땀을 식히며 화장이 끝날 때까지 아무 말 없이 기다렸다. 팔십년을 넘게 살아온 육체가 삼베옷과 함께 불에 타 재가 되고 남은 뼈가 고운 가루가 되도록 짓이겨지는 데에 그다지 오랜 시간은 걸리지 않았다. 그녀와 나는 용인에 있는 묘소에 할아버지를 묻고 집으로 돌아갈 때까지도 아무 말을 하지 않았다. 그러나 그녀가 아무 말도 하지 않은 것은 딱 집에 돌아올 때까지만이었다.

어머니가 혼자 남은 할머니와 함께 있어주기 위해 할머니의 집으로 갔기 때문에 우리 집에는 그녀와 나밖에 없었는데 그녀는 집에 들어서자마자 그날 아침까지 내가 무슨 일을 겪었는지 완전히 잊어버린 사람처럼 나의 삶에 대해 잔소리를 해댔다. 요지는 내가 쓸데없는 데에 시간을 낭비하고 있다는 것이었다. 간단히 말하면 그리스비극 같은 걸 외울 시간에 공부를 해서 대학을 가는 편이 내 인생에 훨씬 도움이 될 거라는 말이었다. 그리스비극을 외우는 것은 결코 쉬운 일이 아니고 한편을 외우는 데만도 적지 않은 시간과 에너지가 드는 게 사실이었다. 나는 퇴근해서 텔레비전도 한번 켜지 않고 비극을 외우는 일에만 몰두했다. 소포클레스, 아이스킬로스, 에우리피데스…… 처음에는 일단 한편만 외워보려고 했는데 시간이 지나고 보니 나는 꽤 많은 비극을 암송할 수 있게 되었다. 왜 하필 비극이었느냐 하면, 소설은 외울 수가 없고 시는 너무 짧고 희곡은 혼자서 그것을 재현할 수가 없었으며 서사시는 재미가 없었기 때문이다. 두세명의 등장인물이 각각 길고 긴 대화를 읊다가 파토스로 가득한 코러스 파트에서 전율을 느끼는 것이 거의 영원처럼 느껴지는 공장에서의 시간을 견딜 수 있게 해주는 데 가장 큰 도움이 되었다.

재연은 내게 공장을 그만두고 자신과 함께 대입시험을 준비하자고 했다. 그녀는 얼마 전 삼수를 시작한 참이었다. 재연은 내가 그리스 비극을 그렇게 금방 외울 수 있는 것을 보면 머리가 전혀 없는 것은 아니라면서 조금만 진지하게 공부하면 서울에 있는 대학에는 그럭저럭 들어갈 수 있을 거라고 했다. 그녀의 말을 듣다보면 마치 대학이 세상의 전부인 것처럼 느껴졌다. 지금까지 살아온 인생의 종착점이자 새로운 삶의 시작. 알파이자 오메가. 그녀는 일단 어떻게든 거기에 발만 걸치면 모든 게 달라질 것처럼 말하곤 했다. 가난과 부모의 간섭과 그녀의 가능성 없음…… 그 모든 게 사라지고 세상의 모든 기회가 눈앞에 펼쳐질 것처럼.

그녀가 처음부터 그랬던 건 아니었다. 그녀는 내가 그저 읽고 싶은 책을 마음껏 읽고 살 수 있으면 그만이라고 생각하며 살고 있는 인간이라는 걸 알면서도 나를 좋아했다. 내가 그저 소박하게 계속 책을 읽을 뿐인 삶을 살고 싶어하고, 거기에는 일반적인 교육제도에 대한 거부감 또한 어느정도 작용하고 있다는 것을 그녀는 처음부터 알고 있었다. 그녀도 처음에는 그게 전혀 나쁘지 않은 삶의 방식이라고 했다. 그러한 삶의 방식을 포함해 나의 모든 것을 있는 그대로 사랑한다고 말한 적도 있다. 그로부터 불과 이년이 지났을 뿐인데 그녀는 내가 대학에 가지 않으면 사회의 낙오자가 될 것처럼 말하기 시작한 것이다! 나는 그건 그녀가 계속해서 대입에 실패

했기 때문이라고 생각했다. 그녀가 그곳에 도달하지 못했기 때문에 그곳을 더욱 이상화하고, 목적의식을 강화하고, 대상을 신성시하게 되고…… 뭐 그런 거 아니었을까.

물론 나도 공장에서의 생활에 만족하는 것은 아니었다. 그럴 수 있을 리가 있나, 내 목숨을 위협하는 지루함이 도사리고 있는 곳이었는데. 나는 고등학교 삼학년의 마지막 학기에 학교에서 배정해준 공장에서 일하기 시작했고 졸업 후에도 그대로 일년이 넘도록 일하고 있었다. 내가 다른 일을 찾으려고 노력하지 않았다는 사실은 인정할 수 있다. 그러나 다른 곳이라고 달랐을 것 같지도 않다. 모든 게 지루하게 느껴지기는 마찬가지였다. 재연은 입시 첫해에 명문대에 가지 못해서 재수를 결심했고, 두번째 해에도 욕심을 부려서 원서를 내는 바람에 지원한 모든 대학에서 떨어져 삼수를 시작했다. 그런데 그녀의 생각대로 대학이라는 곳을 나와서 그럴듯한 직장인이 되면 무엇이 달라지나. 끝없이 반복되는 고통스러운 아침과 무기력하게 주어진 일을 수행하는 업무시간…… 그리고 찰나에 가까울 정도로 짧게 주어지는 저녁 이후의 자유. 나는 그것 외에 다른 것을 상상할 수 없었고, 그건 현재 내 생활과 다르지 않았다. 내가 영화감독이나 건축가 같은 사람이 되고 싶어했다면 또 모르겠지만 나에게는 그런 진취적인 목표가 없었다. 그저 읽고 싶은 책이나 읽으며 굶어 죽지 않고 살아가는 게 나의 소망일 뿐이었다. 재연은 내 말을 듣고서 대학을 나오면 좀더 윤택하고 자유롭게 내가 원하는 방식의 삶을 살 수 있을 거라고 했다. 어쨌거나 지금보다는 나은 일상을 살 수 있을 거라고…… 내가 보기에 그녀에게 대학이란 거의 맹목적인 신앙에 가까웠다.

앞서 이야기했듯 그해에 나는 재연과 함께 우정희라는 노인을 만났다. 그를 만나기 위해 꽤 많은 노력을 기울여야 했지만 나는 결국 그를 만났고 내가 원했던 대로 그와 대화를 나눌 수 있었다. 내가 그의 존재를 알게 된 것은 외할아버지를 매장한 바로 그날이었다. 그날 아침부터 다음 날인 일요일 밤까지 이틀 동안 재연은 우리 집에서 지냈다. 직접적으로 말은 하지 않았지만 아마도 할아버지를 잃은 나를 위로하기 위해서였던 것 같다. 하지만 실제로 그녀는 나를 위로하는 대신 그저 평소처럼 내게 대학에 가야 한다고 잔소리를 했고…… 그 말을 마친 뒤에는 함께 비디오를 빌려와 말없이 영화를 봤다. 코엔 형제의「파고」를 봤는데 그녀는 그 영화를 굉장히 마음에 들어했다. 특히 사건을 해결하는 경찰관이 여성이라는 사실이 매우 마음에 든다고 했다. 우리는 습기로 찐득거리는 소파에 앉아 유난스럽게 삐그덕거리며 회전하는 선풍기의 더운 바람으로 더위를 식히려 애쓰며 지평선까지 눈이 쌓인 설원에서 벌어진 살인사건을 해결하려 고군분투하는 영화를 봤다. 볼록하게 튀어나온 브라운관에서 비추는 설원의 풍경이 지나치게 비현실적으로 느껴지면서 갑자기 그녀가 내 옆에 앉아서 손부채질을 하고 있는 것도, 오늘 아침에 할아버지를 매장한 것도, 내가 그 순간 공장에 앉아서 그리스비극을 중얼거리며 스위치를 누르고 있지 않은 것도 모두 낯설게 느껴졌다. 브라운관에서 경찰관 역의 프랜시스

맥도먼드의 묘한 표정이 클로즈업되고 경찰차들이 눈안개 속으로 사라지고는 엔딩 크레디트가 올라오기 시작하자 재연은 영화가 너무 좋지 않았느냐고 내게 반복해서 물어보았다. 그녀는 영화가 아주 마음에 들었는지 계속해서 그 영화 이야기를 하고 싶어했다. 나는 그 영화가 그렇게까지 대단한 작품은 아니라고 생각해서 적당히 맞장구만 쳐주었다(사실 나는 영화에 거의 집중하지 못하기도 했다). 그녀는 「파고」가 타란티노의 「저수지의 개들」보다 더 좋다고 했는데 그건 우리가 그때까지 함께 본 영화 중 최고로 치는 영화였기 때문에 나는 왠지 모르게 조금 기분이 상했다. 우리는 그날 코엔 형제의 다른 영화인 「위대한 레보스키」까지 연달아 보았는데 나는 영화에 집중을 하지 못해서 내용이 전혀 기억나지 않았고, 그녀 또한 그 영화는 별로이며 「파고」에 비하면 완전히 망작이라고 이야기했다. 그리고 나서 우리는 다시 한동안 말이 없었다.

그러다가 그녀가 갑자기 내게 비극 구절을 들려달라고 했다. 나는 다른 사람 앞에서 그것을 낭송해본 적이 없었기 때문에 내키지 않았지만 재연이 몇번이나 들려달라고 애원했기 때문에 어쩔 수가 없었다. 나는 어떤 부분을 낭송할지 오랫동안 고민하지 않고 그 순간 가장 먼저 떠오른 구절을 읊기 시작했다. 아이스킬로스의 「아가멤논」에서 카산드라가 아가멤논이 살해당할 것을 예언하는 장면이었다. 그 장면은 이런 대사로 시작된다.

"아아, 이 가엾은 여인의 불행한 운명이여! 불행의 잔을 채우며 통곡하는 것이 내 자신의 고통이로구나. 어쩌자고 이 가엾은 여인을 이리로 데려왔나요? 같이 죽게 하려고? 그밖에 또 무슨 이유가 있나요?"

그런데 읊다보니 어디서 끊어야 할지 모르겠어서 꽤 한참 동안, 그러니까 클리타임네스트라가 남편을 도끼로 잔혹하게 살해한 뒤 아르고스인들에게 자신이 이 나라의 주인이 되었음을 선포하는 부분까지 읊어버렸다. 내가 낭송을 중단하자 그녀는 놀란 얼굴로 고개를 들더니 나를 천재라고 치켜세웠다.

"넌 진짜 공부를 해야 돼."

그녀는 그렇게 이야기했다. 책에서 토씨 하나도 틀리지 않았다는 것이었다. 그런데 그럴 수밖에 없는 게 나는 그 부분만 적어도 이백번쯤은 되새김질했기 때문이다. 특히 「아가멤논」은 내가 가장 처음 외운 비극인데다가 가장 많이 머릿속에서 재생한 작품이기도 했다.

그녀는 내가 낭송을 끝낸 다음에도 한동안 책을 들척이더니 무언가 신기한 사실을 발견한 듯한 얼굴로 나를 불렀다. 그녀가 내게 보여준 것은 책의 뒷날개였는데 거기에는 그 책을 낸 출판사에서 출간한 그리스비극과 로마신화들이 적어도 스무종 정도는 적혀 있었다. 그녀가 발견한 사실은 그 모든 책의 번역자가 한사람의 이름으로 되어 있다는 것이었다. 그 책들은 하나같이 최소 오백쪽은 되는 두꺼운 것들이었는데, 지금도 나는 번역작업에 대해서 아는 바가 없지만 당시의 내가 보기에도 그것은 한사람이 평생을 다 바쳐도 할 수 있을까 말까 한 엄청난 분량이었다. 그 일을 한 사람이 바로 우정희였던 것이다.

나는 알 수 없는 이유로 그에게 강한 호기심을 느꼈다. 번역자 소개글을 통해 나는 그가 내 외할아버지보다 나이가 많다는 사실을 알게 되었다. 그리고 우리나라에서 가장 좋은 대학을 나와서 평생을 번역만 해왔다는 사실도. 나는 그가 그렇게 오랜 시간, 일생이라는 지난한 시간을 견뎌온 방식, 그리고 그 삶에 대한 소회가 궁금했다. 조금 이상하지만 나는 그에게 일종의 동질감을 느꼈던 것 같다. 나는 그와 이야기를 나눠보고 싶었다. 그에게 정확히 무엇을 물어보고 싶었는지는 알 수 없었으나 그 오랜 시간 동안 삶이라는 것을 견뎌내온 이의 이야기가 듣고 싶었던 듯하다.

그의 연락처를 알아내는 일은 생각보다 어렵지 않았으나 그를 만나기까지는 생각보다 시간이 걸렸다. 출판사에 전화를 걸어 그의 연락처를 물어보았는데 나의 신상을 알 수 없으니 전화번호는 알려줄 수 없다고 했고 게다가 그는 휴대폰을 사용하지 않는다고도 했다(어차피 그렇다면 전화번호를 알려줄 수 없다는 소리는 왜 했는지 알 수가 없다). 책에 적힌 소개글을 보면 그는 지방의 한 대학에서 평생을 교수로 일했다고 되어 있어 학교에 연락을 해보았는데 이제는 정년을 지난 지 한참 되어서 석좌교수직에서도 물러난 상황이었고 학교에는 전혀 나오지 않는다고 했다. 그래서 나는 학교 홈페이지에서 찾은 그의 이메일 주소로 메일을 보내보았지만 답장이 오지 않았다. 아무래도 이메일을 확인하지 않는 듯했다. 나는 편지를 써서 그가 재직했던 학교의 조교에게 건네며 그에게 전달해달라고 부탁했다. 그게 내가 할 수 있는 마지막 방법이었는데 그로부터 약 보름이 흐르고 나서 기적적으로 그에게서 답장을 받을 수 있었다.

거기에는 자신이 번역한 작품을 애독해주어서 매우 감사하며 내가 그것들을 외웠다는 사실이 믿기지 않는다고 했다. 그는 그 정도로 그리스비극을 사랑하는 청년이 있다는 사실이 놀랍고 반갑다고 했다. 그리고 자신을 만나고 싶다면 자신의 작업실에 찾아와도 좋다는 말도 쓰여 있었다. 자신은 나이가 들어서 이제 더이상 먼 거리를 여행할 수 없다는 말을 덧붙이면서. 재연은 내가 그렇게까지 수고를 들이면서까지 그와 만나고자 하는 이유를 이해하지 못했지만 그를 만나러 같이 가주겠다고는 했다. 그녀도 그런 인생을 산 사람이 어떤 모습으로 어떤 말을 할지 궁금하기는 한 모양이었다. 나는 휴가를 냈고, 우리는 몇시간 동안 기차를 타고 그가 살고 있는 남쪽 도시로 향했다. 결국 그의 존재를 알게 된 후 세달이 지나서야 그를 만날 수 있었던 것이다.

내가 휴가를 낸다고 하자 주임은 못마땅한 얼굴을 했다. 그럴 만도 한 게 주임은 내가 알기로 전혀 휴가를 쓰지 않았고 오 또한 일을 시작한 뒤 한번도 휴가를 쓰지 않았기 때문이다. 그가 보기에는 불과 세달 전에 할아버지가 죽었다는 이유로 이틀이나 쉬고서는 또 휴가를 쓰려는 내가 괘씸하게 보였을 것이다. 그런데 할아버지가 돌아가신 게 내 탓인가? 그리고 나 또한 외할아버지가 죽었을 때 주임이 내 소중한 하루치의 휴가를 부당하게 갈취했다고 생각했기 때문에 포기하지 않았다.

나는 할아버지의 죽음으로 사흘간의 휴가를 얻었다고 생각했지만 실제로는 이틀밖에 쉬지 못했다. 월요일 아침에 주임에게서 전화가 온 것이다. 그는 왜 출근하지 않느냐고 내게 물었다. 나는 그에게 회사 내규에 따르면 친족이 사망할 경우 사흘간 휴가가 주어지지 않느냐고 대꾸했는데 그는 그 휴가에서 주말은 제해야 한다고 말했다. 그러니까 그의 말대로라면 금요일 밤에 친족이 죽었을 경우 단 하루도 휴가를 얻을 수 없다는 말이었다. 나는 당연히 그것은 부당하다고 생각했다. 그 사흘간의 휴가는 애도의 기간이 포함되어 있는 것이라고 여겼기 때문이다. 하지만 주임은 그것은 빈소를 지키라고 주는 휴가이며 애도는 회사에서도 할 수 있는 것이라고 했다. 그래서 나는 어처구니없게도 그날 급히 출근을 해야 했다.

나는 그날 스위치를 똑딱거리면서 회사의 방침인지 주임의 판단인지 모를 그것이 우습다고 생각했다. 불량률을 줄이기 위해 음악을 듣지도, 옆 사람과 대화를 하지도 못하게 하면서 애도는 일을 하면서 하라니. 회사는 다른 것은 몰라도 애도 행위는 불량률과 전혀 관계가 없다고 생각하는 모양이었다. 머릿속에서는 무슨 공상을 하든 그저 불빛을 반짝이는 LED에 눈을 고정한 채 손가락만 까딱거리고 있으면 아무런 문제가 없다는 것이다. 그건 일면 인생과 닮은 점이 있었다. 내가 어떤 사람이든 어떤 생각을 하며 살든, 겉으로 보이는 표상이 그 무엇보다 중요하다는 주변 사람들의 판단 같은 것들 말이다.

그렇다면 우정희의 삶은 어떠한가. 그가 우리나라에서 가장 좋은 대학을 나왔기 때문에 평생을 그리스비극을 번역하는 일에만 몰두해도 그의 삶은 존중받을 수 있는 것일까. 적어도 겉으로 보기에 그는 그럴듯한 삶을 사는 것 같지 않았다. 우리는 기차로 몇시간을 달려 그의 작업실 겸 집에 도착했는데 그의 집은 예상했던 것보다 훨씬 더 초라했으며 그의 몰골은 더욱 심각했다. 머리는 거의 다 빠져 있었고 아무렇게나 흐트러져 있었던데다가(마지막으로 이발을 한 게 언제인지 짐작도 안 갔다) 등은 굽어 있었으며 얼굴은 죽음을 암시하는 검버섯으로 가득 차 있었다. 그가 차를 내오기 위해 잠시 자리를 비웠을 때 재연은 조그마한 목소리로 내게 속삭였다.

"저 사람 지금 입고 있는 거 내복 아냐?"

나는 그가 입고 있는 것이 내복인지 아닌지에는 관심이 없었지만 확실히 그의 차림새가 손님을 맞이하는 데 적절하다고는 볼 수 없는 비루한 차림새였다는 사실은 인정할 수밖에 없었다. 그러나 나는 우정희의 차림새보다 오히려 그가 우리와 대화하는 도중에 자연사를 하면 어떡하나 하는 걱정을 했다. 거실은 물론 그의 방에는 수많은 종이 더미와 책 더미가 어지러이 쌓여 있었고, 나는 그가 어디서 어떻게 잠을 자는지 궁금했다.

그는 잠시 후 끓는 물이 든 주전자를 들고 돌아와 책을 발로 적당히 밀어서 자리를 만들고 조그만 상을 편 뒤 자기로 된 잔에 우롱차를 만들어주었다.

나는 재연의 종용으로 그의 앞에서 내가 외운 구절 중 한부분을 읊었다(기억하기로 소포클레스가 쓴 「안티고네」의 도입부를 읽었던 것 같다). 그는 놀란 얼굴을 하더니 내게 에우리피데스의 것도 외웠느냐고 물었고 나는 「메데이아」였던가 「엘렉트라」였던가 둘 중 하나의 일부를 낭송했다. 그는 내가 그걸 외우고 있다는 사실을 정말로 신기해했다. 그가 눈을 크게 떴고 그의 노쇠한 눈동자가 희미하게 반짝거렸다.

나는 막상 그를 만나니 무엇을 물어야 할지 어떤 식으로 대화를 이끌어나가야 할지 알 수 없었는데, 다행히 재연이 나 대신 그에게 질문을 해주었다. 그녀는 우정희에게 그렇게 좋은 대학을 나왔으면 다른 길도 있었을 텐데 어쩌다가 평생 이런…… 그러니까…… 험난한(그녀는 잠시 말을 골랐는데 사실은 '초라한'이라는 단어를 쓰고 싶었을 것이다) 삶을 택했는지 물었다. 우정희는 한참 동안 라틴어 번역작업 방식에 대해, 말하자면 동문서답을 했고(질문이 무엇이든 본인이 하고 싶은 대답을 하는 것은 노인들의 특징이기 때문에 나는 그러려니 했다) 조금씩 주제가 바뀌어 인생의 지난함에 대해 이야기하기 시작했다. 그러니까 처음에는 우연한 계기로 대학원에 들어가 라틴어와 그리스어를 공부하게 되었고 번역작업을 하다가 중간에는 이 일이 자신의 인생에 의미가 있는 일이라고 믿게 되었는데 평생을 살아보니 지금은 어떤 일을 하든 그것이 인생에 큰 의미를 부여해줄 수는 없다는 사실을 깨닫게 되었다고 했다.

"그저 하는 거죠 뭐. 아무 일도 안할 수는 없잖아요. 그리고 적어도 신화는 우리가 아는 것 중 가장 오래됐고 가장 오래 남을 것이니까……"

우정희는 이렇게 말했다. 그는 우리에게 저녁에 볼일이 있느냐고 물었고 우리가 별로 할 일은 없다고 하자 베란다에서 소주를 꺼내왔다. 우리는 자정을 넘길 때까지 술을 마셨다. 그러나 더이상 번역에 대한 이야기는 하지 않았다. 지난한 인생을 견디는 법에 대해서 이야기를 나누지도 않았다. 주로 그가 이야기를 하고 재연이 받아치는 식으로 대화가 이어졌는데 그는 나이를 먹을수록 시간은 빨리 가지만 삶이 권태로워진다고, 자신은 이거라도 붙들고 있지만 남들은 어떻게 이 시간을 견디고 있는지 도무지 모르겠다고 취기 오른 목소리로 말했다. 죽는 게 두렵지만 그렇다고 다른 뭔가를 기대할 수도 없어 그 순간이 오기를 기다리는 것 외에는 별다른 도리가 없다는 이야기도 했다(그는 그 이야기를 하면서 더웠는지 그 내복 비슷한 상의를 벗었다. 그는 러닝셔츠 차림으로 이야기를 계속했다). 그리고 그는 이제 여기저기 안 아픈 곳이 없어 산책마저 할 수 없을 정도지만 번역작업은 계속하고 있다고 말했다. 최근에는 『변신 이야기』의 개정판 작업을 했고, 지금은 에라스무스의 『우신 예찬』을 번역 중이라고 했다. 그는 그러다가 곯아떨어졌고 우리는 적당히 우리가 먹은 것들을 정리한 뒤 그의 집을 나섰다.

그의 집에서 나온 뒤에 어두운 골목을 걸으며 재연이 내게 말했다.

"저 사람은 어쩌다가 저런 삶을 살게 되었을까? 그렇게 좋은 대학을 나왔는데. 그동안 번 돈은 다 어디에 쓴 거지? 결혼은 안했나?

그나저나 너무 불행해 보이지 않았니?"

그녀는 그가 안타깝다며 상태를 보니까 곧 고독사를 하게 될 것 같다고, 장례를 치러줄 사람은 있기나 한지…… 난데없이 그에 대해 진지하게 걱정을 하기 시작했다. 나는 그가 결국 맞이하게 될 고독사에 대해서는 아무 걱정이 들지 않았다. 어차피 모든 죽음은 일종의 고독사 아닌가. 우리는 그러다가 가장 먼저 눈에 띈 모텔에 들어가서 하룻밤을 보낸 뒤 다음 날 서울로 올라왔다.

외할아버지의 장례식에서 흘렀던 이상한 기류, 그것에 대해 다시 생각하게 된 것은 서울로 올라오는 기차 안에서였다. 그 누구도 말해주지 않았지만 나는 문득 그 일의 진상을 알게 되었다. 갑작스러운 깨달음. 그냥 차창 밖으로 흘러가는 풍경을 바라보고 있었는데, 그리고 할아버지에 대해 전혀 생각하고 있지 않았음에도 불현듯 그 사실이 떠오른 것이다. 나는 염을 할 때 돌연 찾아온 침묵의 이유를 분명히 알 수 있었다. 실제로 보지는 않았지만 나는 그곳에, 할아버지의 목에 선명하게 새겨진 검은 선을 본 듯했다. 나는 할아버지가 화투를 치고 소주를 마신 뒤 집에 와 수건으로 올가미를 만들어서 화장실 수건걸이에 걸고 목을 매다는 장면을 그려보았다. 할아버지는 결국 삶의 지루함을 견뎌내지 못한 거야. 그는 그리스 비극을 외울 줄 몰랐으니까. 재연은 내 어깨에 머리를 기댄 채 자고 있었고 기차는 일정한 간격으로 흔들리며 계속해서 앞으로 나아갔다.

다음 날은 일요일이었고 나는 할아버지의 장례를 치른 성당을 찾았다. 스스로 성당에 간 것은 처음이었고, 이모의 종용 없이 고해성사를 신청한 것 또한 처음이었다. 잠시 후 전에 본 늙은 신부가 어두컴컴한 복도를 걸어왔다. 그가 노란 조명 아래를 지날 때 나는 아주 잠시 그를 자세히 볼 수 있었고 그 순간 전에는 발견하지 못했던 것을 보았다. 신부복 소매가 심하게 해어져 있었던 것이다. 그가 유별나게 검소하기 때문일까? 아니면 원래 신부복은 낡아도 교체해주지 않는 것일까? 곧 고해실의 문 위에 초록불이 들어왔다. 그는 예의 엄숙한 목소리로 내 죄를 고하라고 말했다. 나는 이번에야말로 그의 목소리가 정말로 꾸며낸 목소리라는 강한 인상을 받았다. 나는 죄를 고하는 대신 다짜고짜 외할아버지의 죽음에 대해 이야기했다.

"제 할아버지는 자살했어요. 스스로 목을 맸다고요. 그런데도 천국에 갈 수 있나요? 전에 말씀하신 것처럼 자살은 그 무엇보다도 큰 죄잖아요. 그런데도 미사에 꼬박꼬박 참석했다는 이유로 천국에 갈 수 있나요?"

나무 칸막이 너머로 늙은 신부가 대답을 못하고 머뭇거리는 게 느껴졌다. 그는 잠시 후 자살은 분명 큰 죄지만 내 할아버지는 자살하신 게 아니라고 대답했다. 그는 하느님의 계획대로 편히 잠드셨다고, 평온한 죽음을 맞이했다고 대답했다.

"아니에요. 할아버지는 자살했어요. 삶의 지루함을 견뎌내는 대신 스스로 목숨을 끊는 길을 택했다고요. 신부님은 삶이 지루하지 않나요? 매일 엄숙한 목소리로 설교를 늘어놓고 알지도 못하는 사람들이 죄인지 아닌지 스스로도 확신할 수 없는 뭔가를 털어놓는 것을 듣고, 그렇게 사는 것이 지루하지 않나요? 저는 이제 스무살에 불과한데도 삶이 너무 지루합니다. 견딜 수가 없을 정도로 지루해요. 시간은 개같이 느리게 흐르고요. 이걸 언제까지 견뎌야 할지 모르겠다고요. 그런데도 제 할아버지는 죄를 지은 건가요? 단지 지루함을 견디지 못했다는 이유만으로요?"

나는 신부의 대답을 들을 수 없었다. 그는 한참 동안 입을 열지 않았고 그래서 나는 그가 대답을 하기 전에 고해실에서 나와버렸기 때문이다.

다시 월요일이 되었고 나는 원래의 내 자리, 그러니까 사방이 꽉 막힌 작업공간으로 돌아왔다. 오와 주임, 그리고 사무실의 다른 사람들 모두 평소와 다름없이, 마치 그림에 그려져 있는 사람들처럼 침묵을 지킨 채 자리에 그대로 붙박여 있었다. 나는 내 자리에 앉아서 하루 종일 스위치를 수천번이고 수만번이고 딸깍거렸다. 이상하게 우정희를 만나고 온 뒤로는 그리스비극을 외울 수가 없게 되었다. 그 까닭이 우정희의 모습을 보아서인지 할아버지의 죽음에 대해 알게 되어서인지는 알 수 없는 일이다. 어쨌든 분명한 건 더이상 그리스비극이 외워지지 않는다는 사실이었다. 그래서 이후로 나는 그 시간들을 고스란히 견뎌내야 했다. 나는 아무 생각도 하지 않으려 노력하며 초록불과 빨간불이 점멸하는 것을 들여다보다가 고개를 돌려 오와 주임의 얼굴을 보았다. 그들은 내가 그들을 처음 보았을 때보다 아주 조금은 더 늙어 보였다.

북방계 호랑이의 행동반경

로스토프가 사라진 건 지난겨울이었다. 아침식사를 손에 든 사육사가 우리에 도착했을 때 이미 그는 자리에 없었다. 철창 문은 열려 있었다. 사색이 된 사육사는 동물원 관리책임자에게 알렸고, 곧바로 관람객의 입장이 통제되었다. 로스토프는 수컷 아무르호랑이였는데 한러수교 이십주년을 기념해 당시 러시아의 총리였던 뿌찐이 선물한 것이었다. 말레이곰이 탈출에 성공한 적은 있지만(안타깝게도 탈출 당일 인근 야산에서 사살되고 말았다) 호랑이가 사라진 것은 서울대공원이 창립된 이후 처음이었다. 헬기가 투입되는 군경 합동수색작전이 펼쳐졌지만 그는 좀처럼 발견되지 않았다. 유난히 눈이 많이 온 해였다. 로스토프가 사라진 날에도 다시 빙하기가 올 것처럼 눈이 내렸고 수색은 어려움을 겪었다. 며칠이

지나도 호랑이가 발견되지 않자 농불원이 있는 과천시에는 비상경
계령이 선포되었다.

뉴스에서는 연일 로스토프 탈출 사건에 대한 보도가 이어졌다.
앵커는 외출 시 각별히 주의하고 특히 산이나 수풀이 우거진 곳에
는 절대 들어가지 말 것을 당부했다.「그것이 알고 싶다」「피디수
첩」 등 다큐멘터리 프로그램들은 앞다퉈 로스토프의 행방에 대한
특집을 편성했다. 쌍뜨뻬쩨르부르끄 대학에서 아무르호랑이의 영
역에 관한 연구로 박사학위를 취득했다는 한 전문가는 방송에 출
연해 다음과 같이 말했다. 먹이가 풍부한 곳에서 자라는 남방계 호
랑이의 행동반경이 오십 제곱킬로미터에 불과한 반면 추운 지방에
사는 북방계 호랑이의 행동반경은 자그마치 삼천 제곱킬로미터에
달합니다. 사라진 지 보름이 지난 지금, 로스토프는 전국 어디에서
나타나도 이상하지 않습니다. 한 시사 프로에서는 수년 전 전국 단
위로 실시된 야생동물 생태통로 설치의 적합성에 대한 토론이 벌
어졌다. 그 사업으로 북한산에서 설악산, 내장산에서 태백산까지
전국의 모든 산은 연결되어 있었다.

사람들은 모두 사라진 호랑이에 대해 이야기했다. 기원에서 바
둑을 두는 노인들도, 이제 갓 유치원에 입학한 일곱살배기 아이들
도, 분초를 다투는 증권맨들도 모두 만나기만 하면 로스토프 이야
기를 했다. 그러니 내가 지영을 만났을 때 그 얘기를 꺼낸 건 당연
한 일이었다.

당시 나는 할 일이 없어 집 안에 틀어박혀 종일 트위터와 인터

넷 기사만 들여다보고 있었기 때문에 로스토프 사건에 관한 많은 정보를 섭렵할 수 있었다. 거기다 지영을 만났을 때는 거의 일주일 동안 말을 하지 않아 입에서 단내가 날 지경이었으므로 나는 그동안 내가 알게 된 것들에 대해 신나게 떠들어댔다. 그녀가 먼저 요즘 과천시의 분위기에 대해 물었고, 나는 그녀가 나와 잡담을 나눌 마음이 되었다는 사실에 안도감을 느꼈던 것 같다. 그녀는 가끔 고개를 끄덕일 뿐 만족할 만큼 맞장구를 쳐주진 않았지만 나는 꿋꿋이 탈출한 아무르호랑이에 대해 수다를 떨었다.

그녀가 집을 나간 것도 그해 겨울이었다. 그저 가벼운 말다툼일 뿐이었다. 추워서 잠을 설친 지영은 아침에 베란다 문이 열려 있는 것을 발견했는데 그것을 열어둔 것이 나라면서 잔소리를 퍼부어대기 시작했다. 침대에 들기 전 담배를 피우러 잠깐 나간 것은 사실이지만 내 기억에는 문을 닫았던 것 같았다. 그래서 내가 열어둔 것이 아니라고 항변했지만 그녀는 곧이듣지 않았다. 나는 불합리한 처사에 불만을 품고 종일 꿍해 있었는데 그날밤 그녀는 대충 짐을 싸더니 서울에 있는 친정으로 떠나버렸다. 잔소리를 늘어놓은 사람은 그녀였는데 말이다.

전부터 그녀는 툭하면 집을 나가곤 했다. 한번은 내가 치약을 끝까지 쓰지 않고 버렸다는 이유로 집을 나갔고, 언젠가는 자신이 아끼는 책의 귀퉁이를 접어놓았다고 화를 내더니 뛰쳐나갔다(그녀가 최근 몇년간 그 책을 거들떠보지도 않았다는 사실을 말해 두고 싶다). 하지만 그리 오래 지나지 않아 돌아오곤 했다. 친정에 가 있는 것도 길어야 사나흘이었고 대개 조용히 다시 집에 들어와서 저녁을 차려놓곤 했다. 이번처럼 일주일이 넘게 돌아오지 않은 건 처음이었고, 전화로 밖에서 만나자고 알려온 것도 처음이었다.

내가 서울로 가겠다고 했지만 그녀는 과천으로 오겠다고 했다. 지영은 커피를 한잔하고 싶다고 했고 나는 점심시간이니 밥을 먹자고 했다. 결국 쌀국수집에 들어갔는데 그녀는 식사를 시키지 않고 커피를 시켰다. 나는 그녀에게 사과를 해야 하는지 그녀가 사과하는 걸 기다려야 하는지 헷갈려서 딴청을 부리던 참이었다. 나는 호랑이에 대한 이야깃거리가 떨어지면 얼마 전 오 부장과 내 복직 시점에 대해 논의한 일을 말해야겠다고 생각했다. 하지만 그 말을 꺼내기 전에 화제는 다른 곳으로 옮아갔고 나는 그 말을 해야 한다는 것을 잊어버렸다. 나는 호랑이 이야기를 하면서 무심코 가게 밖에서 어린 딸아이에게 야단을 치고 있는 젊은 엄마를 쳐다봤는데 그 장면에서 영감을 얻어 우리나라 엄마들이 얼마나 열성적이면서도 동시에 성의 없이 자녀 교육을 하는지 떠들어대기 시작한 것이다. 지영이 조금 지루해하는 것 같았지만 달리 할 말이 없기도 해서 이야기를 이어나갔다. 한참을 떠들고 나자 말할 거리가 떨어져서 내가 또 어떤 말을 하려고 했는지 생각 중이었는데 지영이 무슨 말인가를 했다. 나는 잠깐 딴생각을 하느라 못 들었다고 솔직히 말했다. 그녀는 체념한 듯 한숨을 내쉬며 고개를 절레절레 젓는 등 평소라면 이런 상황에서 했을 만한 행동은 전혀 하지 않고 내 눈을 똑바로 바라보며 분명한 발음으로 말했다.

"이혼하자고."

필수는 이야기를 듣자마자 언젠가 이렇게 될 줄 알았다고 했다. 그러더니 원래 제수씨가 너랑은 좀 안 어울리지, 같은 소리를 하며 내 속을 긁어댔다. 도대체 어떤 점에서 그러냐고 묻자 그는 제수씨가 원래 좀 고상한 면이 있잖아,라고 대답했다. 그녀에게 고상한 면이 있었던가? 없었다고는 할 수 없겠지만 완전히 동의하고 싶지는 않았다. 필수가 결혼을 말렸던 건 사실이다. 하지만 그건 지영이 고상했기 때문은 아니었다. 그는 이십대에 결혼하는 건 무한자유연애 시대인 이십일세기에 걸맞지 않은 행위라고 했다. 말은 그렇게 했지만 사실 같이 놀 친구가 하나 사라지는 게 아쉬워서 그랬을 것이다. 내가 끝내 결혼해버리자 그는 생각해보면 일찍 결혼해서 일찍 돌싱이 되는 것도 나쁘지 않을 거라고 말해서 내가 닥치라고 한 게 그리 오래되지도 않았는데 결국 그의 말대로 될 상황에 처해버렸다.

그는 축하주를 해야겠다며 나를 치킨집으로 이끌었다. 나는 쌀국수 한그릇을 비운 지 얼마 되지 않아 배가 불렀지만 시원한 맥주는 한잔하고 싶은 기분이어서 못 이긴 척 그를 따라 들어갔다. 맥주를 한모금 들이켠 뒤 필수가 그래서 어떻게 하기로 했느냐고 물었다. 그래서? 나는 헛소리하지 말라고 했는데 그녀는 자기 결심은 확고하다며 나에게 마음을 정리할 시간을 주겠다고 했다. '생각'할 시간이 아니라 '정리'할 시간 말이다. 그러더니 남은 베트남 커피를 원샷하고는 나가버렸다. 그녀는 원래 커피를 원샷하거나 하는 스타일의 여자가 아니었다. 여기까지 말하자 필수는 엄지손가락을 치켜세우며 역시 제수씨는 화끈하다는 둥 헛소리를 했다. 아까는 고상하다더니. 한대 치고 싶다는 생각이 들었지만 대신 나는 맥주를 들이켰다.

"나 사업 시작했다."

필수는 사업을 세번이나 말아먹고 쉬고 있던 참이었다.

"그거 말고, 연애사업. 나 여자 생겼다."

뭐지, 이 인간은? 역시 아까 한대 쳤어야 했다. 필수가 말한 '연애사업'의 대상은 동물원 옆 미술관에서 큐레이터로 일하고 있는 여자였다. 아직 정식으로 사귀기로 한 사이는 아니라고 했다. 나는 조금 의외라고 생각했는데 필수는 미술에 전혀 관심이 없었기 때문이다. 그는 우연히 미술관에 갔다가 그녀를 만났다고 했다. 필수는 사업을 세번이나 말아먹고도 아침마다 조깅을 할 정도로 매사에 의욕이 넘치고 열정적인 편이었다(물론 세번이나 사업을 말아먹게 된 것도 그 넘치는 열정 덕분이었다). 그의 조깅 코스는 주로 대공원 둘레를 한바퀴 도는 것이었는데 그날은 매일 무심코 지나치던 건물 하나가 눈에 띄었다고 했다. 문득 어린 시절부터 과천에 살며 수백번은 그 건물을 보았는데 들어가본 적이 한번도 없다는 게 이상하다는 생각이 들었고 생각난 것을 바로 실천에 옮기는 성격대로(물론 세번이나 사업을 말아먹게 된 것도 바로 그 넘치는 실행력 덕분이었다) 트레이닝복을 입은 채 곧바로 그곳에 들어갔다고 했다. 그리고 거기에서 그녀를 본 것이다. 필수는 그녀가 누구나 한눈에 반할 만한 미인은 아니지만 사람을 잡아 끄는 매력이 있다고 했다. 그는 자신이 태어나서 미술관에 간 건 그날이 처음이었는데 그때 그녀를 마주치게 된 것은 운명적인 무언가가 작동한 게 틀림없다고 말했다. 이후 그는 그럴듯하게 차려입고 자주 미술관을 찾았고, 어느날은 용기를 내 그녀에게 말을 걸었고, 급기야 그녀와 저녁식사까지 하기에 이르렀다. 그는 말을 하면서도 그녀를 떠올리기만 하면 기분이 좋아지는지 얼굴에서 미소를 지우지 못했다. 이혼당할 위기에 처한 친구 앞에서 짓고 있기에 참으로 적절한 표정이라고 할 수 있었다. 나는 그에게 한소리 하는 대신 하나 남은 닭다리를 집어들었다.

그러려고 한 건 아니었는데 그날 저녁 잔뜩 취해서 지영에게 전화를 했다. 그녀는 받지 않았다. 그래서 오 부장에게 전화를 걸었다. 자정이 가까운 시간이었다. 신호가 길게 이어지는데 역시 전화를 받지 않아 통화 종료 버튼을 누르려던 찰나에 자다 깬 듯한 오 부장의 목소리가 들려왔다. 그는 잠긴 목소리로 지금이 몇신 줄이나 아냐면서 급한 일이 아니면 내일 통화하자고 했다. 당연히 급한 일이었다. 나한테 복직보다 더 급한 일이 어디 있겠는가. 그는 내 말을 듣고는 있는 힘을 다해 노력하고 있으니 조금만 더 기다려달라고 했다. 조금만 더 기다려달라니요, 벌써 석달이에요 석달, 차라리 안되면 안된다고 말씀해주시라고요, 이게 뭡니까 이게, 자꾸 이렇게 나오시면 저도 가만 안 있습니다, 그 일 다 오 부장님이 시킨 거라고 폭로할 겁니다,라고 말하려다가 아무리 술김이라시만 그렇게까지는 못하고 부장님, 제발 부탁 좀 드립니다, 네?라고 하고 말았다. 오 부장은 수화기 너머에서 잠시 침묵하더니 많이 마신 것 같은데 일단 조심히 들어가고 내일 다시 통화하자고 했다. 그래서 나는 저 지금 이혼당하게 생겼습니다. 통화가 아니라 만나서 얘기하죠, 저도 더이상은 못 기다려요,라고 했고 그는 안 그래도 이번 주 안에 분명하게 그 건에 대해 윗선에 얘기하려고 했다면서 주말쯤 만나자고 하고는 자기는 내일 오전 회의가 있어 일찍 출근해야 한다며 전화를 끊었다.

오 부장을 만나기로 한 날까지 나는 갈 데도 없고 해서 다시 집에 틀어박혔다. 지영에게서는 전화가 없었고, 나도 먼저 전화하고 싶은 기분이 아니었다. 복직에 대한 확답이라도 들어야 그녀에게 할 말이 생길 것 같았다. 회사에서 잘린 일에 대해 말하자면, 나는 정말이지 아무 잘못도 하지 않았다. 나는 과천 외곽에 생산시설을 둔 주류회사에서 생산관리 팀장으로 일하고 있었는데 어느날 내가 관리하던 맥주 탱크에 의자가 빠졌다는 보고를 받았다. 어떻게 맥주 탱크에 의자가 빠질 수 있었을까. 그것도 사무실용 듀오백이 말이다. 처음에는 잠자코 있을까 했던 것이 사실이지만 이내 생각을 고쳐먹었다. 맛있는 맥주가 만들어지려면 맥아를 발효시킬 때 무균 상태는 필수인데 의자에는 각종 세균과 윤활제로 사용되는 기름 등 다양한 오염 물질이 묻어 있기 때문이었다. 소비자의 건강은 둘째 치더라도 맛없는 맥주가 출고된다면 장기적으로 보았을 때

회사에 득 될 것이 없다고 판단한 나는 징계를 받더라도 맥주를 폐기하기로 마음먹고 오 부장에게 보고했다.

그대로 했으면 아무 문제도 일어나지 않았을 것이다. 그러나 오 부장은 난감한 얼굴로 이번만 그냥 넘어가자고 했다. 그는 안 그래도 요즘 경쟁사에 밀려 회사 분위기가 뒤숭숭한데 이런 일까지 생기면 우리 모두 곤란해질 거라며 나를 설득했다. 나는 재차 매뉴얼대로 해야 한다고 주장했지만 그는 받아들이지 않았다. 회사 분위기가 본격적으로 뒤숭숭해진 건 얼마 지나지 않아서였다. 어떻게 그 일을 언론사에서 알게 되었는지는 모르겠다. 내부 고발자가 있었을 거라 짐작만 할 뿐이다. 시간이 정신없이 흘러갔다. 회사는 일정 기간 동안 출고된 제품을 모두 리콜했고 언론을 통해 사과문을 발표했으며 이미지 쇄신을 위한 광고에 돈을 쏟아부었다. 오 부장은 여기서 일이 더 커지면 회사가 휘청일 정도로 타격을 입을 테고 그렇게 되면 너나 나나 좋을 것이 없다면서 중간관리자(물론 나를 말하는 것이다)가 보고하지 않은 걸로 일을 처리하자고 했다. 결국 사건은 내가 자진 퇴사하는 것으로 마무리되었다. 오 부장은 미안한 얼굴로 십이년산 시바스리갈을 사주며 잠시 쉬고 있으면 자신이 책임지고 복직시켜주겠다고 거듭 말했다. 나는 딱히 다른 수가 생각나지 않아서 그가 따라주는 시바스리갈만 연거푸 들이켰고 다음 날부터 오 부장만 믿고 집에서 인터넷이나 하며 뒹굴거리는 수밖에 없었다.

사람들은 트위터를 통해 아메리카 대륙의 이상 기후나 벼락 스타가 된 헐리우드 여배우 등에 대해 이렇다 저렇다 말을 늘어놓았다. 한동안 루마니아에서 찍힌, 조작이라고 하기에는 너무나 진짜 같은 UFO 사진이 인기를 끌기도 했지만 여전히 최고의 화젯거리는 로스토프였다. 사람들은 거의 한달이 되어가도록 잡히지 않고 전국의 산기슭을 어슬렁거리고 있는 다섯살 먹은 아무르호랑이에 흥미를 가졌다. 나는 그가 서울대공원에서 탈출했다는 사실만으로 과천의 시민으로서 왠지 모를 자부심과 친근감을 느끼며 그에 관한 글을 열심히 찾아보곤 했다. 그렇다고 로스토프를 직접 본 적이 있는 건 아니었다. 그는 이 나라에 온 지 일년 만에 사라졌고 나는 적어도 최근 이십년 동안은 동물원에 간 적이 없었다.

유튜브에서는 아무르호랑이가 순록을 사냥해 잡아먹는 장면이 적나라하게 촬영된 영상이 높은 조회수를 기록하고 있었다. 호랑이는 눈 속에 몸을 숨겼다가 눈 깜빡할 사이에 뛰어나와 앞발로 순록의 목덜미를 후려쳤고 불쌍한 초식동물은 곧 피범벅이 된 채 호랑이의 입속으로 들어갔다. 호랑이가 눈을 번뜩이며 앞발을 들어올리고 먹잇감을 덮치려 뛰어오르는 이미지는 다양한 사진과 우스꽝스럽게 합성돼 인터넷에 퍼졌다. 몸싸움이 벌어진 국회에서 의원들을 덮치려 한다든가, 유행하는 감자칩을 차지하려 한다든가 하는 것들이었다. 링크를 따라가다가 한 중년 남자가 등장하는 영상도 봤는데 작성자는 자신이 경력 십년의 베테랑 고양이 탐정이라고 주장했다. 다큐멘터리의 인터뷰 화면처럼 바스트숏으로 촬영된 영상에서 그는 방송에서 떠들어대는 것과는 달리 로스토프

는 아직 과천에 있을 가능성이 높다고 주장했다. 그 근거로 고양이
의 습성을 들었는데 집을 나간 고양이는 당황해서 일단 안전한 곳
에 몸을 숨기고 싶어한다는 것이었다. 그는 가출한 고양이의 구십
구 퍼센트는 집과 매우 가까운 곳에서 발견된다고 말하며 자신이
그동안 구조한 고양이들을 예로 들었다. 화면에는 줄무늬가 있는
노란 고양이 사진이 나타났다. 약 이주일 전 구조한 나나(6세)입니
다. 서울 구로동에서 실종된 이 고양이는 열흘 만에 발견되었는데
숨어 있던 곳은 실종 장소에서 불과 이십 미터도 떨어지지 않은 옆
집 지하창고였습니다. 고양이 사진이 몇장 더 등장했고 그는 그것
이 자신의 주장을 뒷받침하는 명백한 근거인 것처럼 자신 있게 말
을 이어나갔다. 인터넷을 하다보면 별별 인간들이 다 있다는 생각
이 든다.

필수가 호랑이 사냥을 제안한 것은 내가 오 부장을 만나서 복직
은 물 건너갔다는 소리를 듣고 난 다음이었다. 집 근처 까페에서
오 부장을 만났는데 그는 앉자마자 조금 이따 누구를 만나기로 해
서 시간이 별로 없다며 과장된 몸짓으로 자꾸 시계를 들여다보았
다. 그러더니 여기 요즘 이렇게 막 돌아다녀도 괜찮은 거냐며 다른
사람들처럼 잠시 호랑이 이야기를 하는가 싶더니 대뜸 명함 하나
를 내밀었다. 거기에는 Y식품 강순모 부장이라고 적혀 있었다. 그
는 힘들게 자리를 마련해두었다며 찾아가보라고 했다. 좀 멀긴 하
지만 그래도 여기 실속 있는 회사야, 강 부장이 좋은 자리 만들어
놨다고 하니까 너무 걱정하지 말고, 따위의 헛소리를 늘어놓는 오

부장에게 나는 복직 얘기는 어떻게 된 거냐고 따졌지만 그는 별 대
꾸를 하지 않고 자기 할 말만 했다. 그의 태도를 보고 나는 그가 내
복직에 대한 얘기를 윗선에는 한마디도 하지 않았을 거라고 확신
했다. 거기 더 있다가는 오 부장을 한대 칠 것 같아서 명함을 테이
블 위에 그대로 둔 채 자리를 박차고 나와버렸다.

필수가 찾아왔을 때 나는 고춧가루를 잔뜩 넣은 짬뽕라면을 끓
여 먹던 참이었다. 나는 그러자고 했다. 그가 진지하게 하는 말이라
고 했고 나는 다시 한번 그러자고 했다. 그때 나는 필수가 오바마
를 납치하자고 했어도 그러자고 했을 것이다. 위험한 일이야,라고
필수는 자못 진지하게 말했다. 그 말을 듣고 보니 나는 평생 위험한
일은 해본 적이 없다는 생각이 들었다. 남들이 먼저 디뎌보고 안전
하다고 고개를 끄덕인 곳만 밟고 따라왔다. 본드나 마리화나 같은
건 냄새도 안 맡아봤고, 록 음악 같은 것에 빠져 밴드를 하겠다고
학교를 그만둬본 적도 없다. 여행을 가더라도 일본이나 하와이 같
은 곳으로 갔지 파키스탄이나 멕시코 같은 나라는 관심도 두지 않
았다. 너무 안전해서 하품이 나올 정도의 삶이었다. 그래서? 그래
서 이 꼴이다. 아내는 이혼하자고 하고 회사에서는 완전히 잘렸다.
한창 안전해야 할 나이인 서른셋에 위태로운 백수 이혼남이 될 위
기에, 아니 이미 그렇게 되어버렸다. 여기서 더 나빠질 게 뭐가 있
겠는가. 그냥 그러자고 했다. 그래서 우리는 호랑이를 잡으러 갔다.

다음 날 아침 필수가 집으로 찾아왔다. 나는 별생각이 없었는데
그는 준비한 것이 꽤 많아 보였다. 그는 무거워 보이는 커다란 배

낭을 짊어진 채 문 앞에 서서 이런 일에 전문가라며 나에게 한 남자를 소개해주었다. 마흔을 조금 넘긴 듯한 평범한 인상의 남자였고 필수처럼 커다란 배낭을 메고 서 있었는데 어딘지 낯이 익었다. 그가 고양이과(그는 고양이……라고 하려다가 얼른 말을 바꿨다) 탐정이라고 자신을 소개하고 나서야 나는 그를 알아볼 수 있었다. 얼마 전 유튜브에서 본, 로스토프가 과천에 있을 거라고 주장하던 그 남자였다. 필수에게 둘이 어떻게 알게 되었느냐고 물었더니 그는 원래 자신의 트위터 친구였는데 로스토프를 추적하기 위해 과천에 온다는 트윗을 보고 연락해 금세 의기투합한 것이라고 했다. 필수는 한껏 들떠서 그는 우리 원정대의 간달프 같은 존재라고 말했다. 그는 배낭에서 이런저런 잡동사니를 꺼내기 시작했다. 그리고 각각의 용도를 우리에게 설명해주었다. 유사시에 호랑이를 겁에 질려서 도망가게 할 공포탄이 들어간 권총(은행에서 청원경찰로 일하고 있는 사촌에게 빌렸다고 했다), 우리를 거대한 동물처럼 보이게 해줄 커다란 우산(멧돼지한테는 분명 효과가 있다고 했다), 전기충격기(팔을 먼저 뜯어 먹히지 않을까?), 용도를 알 수 없는 긴 막대기들(이 물건에 대한 설명은 잠시 뒤로 미뤘다) 등등이었다. 그런데 모두 호신용이었지 막상 호랑이를 포획하는 데 사용할 만한 물건은 보이지 않았다. 내가 그걸 지적하자 고양이 탐정은 아직 열지 않은 배낭을 가리켰다. 그는 로스토프를 잡을 비장의 무기는 저기 들어 있다고 했다. 나는 배낭에 든 게 무엇이냐고 물었다.

"생닭입니다. 스무마리요."

그는 어제 싱싱한 닭을 마트에서 구입해 미리 그 안에 수면제를 집어넣어두었다고 했다. 그의 계획은 로스토프를 발견하면 아까 용도를 설명하지 않은 그 막대기에 수면제가 든 닭을 꽂은 뒤 그에게 먹여 잠들게 하는 것이었다. 고양이 탐정은 겨울철이라 먹잇감을 구하기 어려운데다가 수색대를 피하느라 사냥을 제대로 하지 못해 로스토프는 몹시 굶주린 상태일 거라고 했다. 몹시 굶주린 호랑이라. 갑자기 필수의 제안을 받아들인 것에 회의가 들기 시작했다. 나는 아무리 그래도 스무마리는 너무 많지 않느냐고 물었다. 그는 고양이과는(그는 이번에도 고양이는⋯⋯이라고 하려다가 얼른 말을 바꿨다) 하루에 자기 머리 무게 정도의 먹이를 먹는데 다 자란 아무르호랑이의 머리 무게는 약 이십 킬로그램이며 그가 배를 채우려면 적어도 일 킬로그램짜리 닭 스무마리는 필요하다고 대답했다. 그러고는 사실 넉넉한 편은 아니죠, 배가 다 안 찰까 걱정입니다,라고 덧붙였다. 나는 그것보다 호랑이가 번거롭게 닭을 스무마리나 받아먹는 대신 좀더 큰 먹잇감(이를테면 '사람'이라든가)을 원할 경우를 염려하는 게 먼저이지 않을까 생각했지만 자꾸 딴지를 걸면 분위기가 어색해질까봐 아무 말도 하지 않았다. 그렇게 우리는 스무마리의 닭과 쓸모가 있을까 싶은 잡동사니들을 배낭에 나눠 넣은 뒤 동물원이 접해 있는 산으로 향했다.

산은 집에서 삼사 킬로미터 정도 떨어져 있었는데 우리는 차를 타고 가는 대신 걸어가기로 했다. 비상경계령이 선포된 후 일반인이 산에 들어가는 것은 금지되어 있었기 때문에 조용히 움직이는 편이 나왔다. 밖으로 나오니 기분이 조금 풀리는 듯했다. 마음먹고 외출한 것은 회사에서 잘린 후 처음이었다. 호랑이가 어슬렁거리고 있다지만 돌아다니는 사람이 줄어든 것 같지는 않았다. 나는 지영이 인사치레로 물었던 과천의 분위기라는 것에 대해 생각해보았다. 평소랑 다를 것 없는 풍경이었다. 여전히 학교에서 우르르 빠져나와 분식집에서 떡볶이를 사먹는 중학생들이나 공원에서 배드민턴을 치는 가족들을 볼 수 있었다. 하지만 왠지 그들의 얼굴에는 보통 때와 다른 뭔가가 있는 듯했다. 뭐라고 한마디로 콕 집어 말할 수는 없지만 로스토프가 우리 주변 어딘가에 있기 전과 후의 사람들은 분명히 어딘가 달라 보였다. 하지만 반드시 로스토프 때문이라고 단정 지을 수는 없었다. 그렇게 보이는 건 단순히 내 상황이 변했기 때문인지도 몰랐다.

산 입구에 군인 두어명이 있었지만 성실히 보초를 서고 있는 것은 아니어서 그들의 눈을 피하기는 그리 어렵지 않았다. 우리는 로스토프가 몸을 숨겼을 것으로 추정되는 동굴을 찾는 데 주력했다. 고양이 탐정은 이렇게 오랫동안 호랑이의 흔적이 발견되지 않는 걸로 봐서 은신처는 반드시 그가 탈출한 우리와 가까운 곳에 있을 거라고 주장했다. 우리는 동물원의 외벽과 접한 지점에서부터 탐색을 시작했다. 평소라면 등산객들로 붐볐을 산길에 사람이라고는 코빼기도 보이지 않았다.

눈이 쌓인 적막한 산을 말없이 걷다보니 대낮인데도 꽤 으스스한 기분이 들었다. 내가 안전을 보장해줄 리 없는 허술한 장비들만

가지고도 이 사냥에 나설 수 있었던 것은 우리가 로스토프를 만날 확률이 사막에서 우박을 맞을 확률보다 낮을 거라고 생각했기 때문이었다. 그리고 나는 로스토프가 아직 과천에 있을 거라는 고양이 탐정의 말도 신뢰하지 않았다. 그럼에도 막상 산에 오니 언제든 갑자기 호랑이가 튀어나올 것만 같다는 생각을 떨치기 힘들었다. 우리나라에 살았던 마지막 호랑이가 잡히기 전에는 산길을 걷는 모든 사람들의 기분이 아마 이랬을지 모르겠다. 나는 산길이 너무 적막해 대화라도 하면서 가는 게 좋을 것 같아 필수에게 왜 호랑이를 사냥하러 오자고 했는지 물었다. 그는 참 빨리도 물어본다는 얼굴을 하더니 그녀 때문이야,라고 했다.

필수와 잘되어가던 미술관 큐레이터라는 여자가 얼마 전부터 자기와의 만남을 피하는 것 같더란다. 처음에는 자기가 마음에 들지 않아서 피하는 거라고 생각했는데 알고 보니 이유는 따로 있었다. 그녀는 호랑이가 무서워서 밖에 나오지 않는다는 것이었다. 필수는 같이 등산을 가자는 것도 아니고 사람 많은 큰길로만 다닐 텐데 뭐가 걱정이냐고 했지만 그녀는 고집을 피우며 호랑이가 잡혔다는 뉴스가 나오지 않는 이상 절대 밖으로 나갈 수 없다고 대답했다. 필수는 그때까지 그녀를 만나지 못하는 것이 답답하다고 했다. 그럼 그 여자 집에서 만나면 되잖아,라고 내가 말하자 필수는 아직 그 정도 관계는 아냐, 부모님도 계시고……라고 했다. 그는 그래서 자신이 직접 호랑이를 잡기로 결심했단다. 필수는 그녀가 그렇게 무서워하는 호랑이를 퇴치한 남자라면 단번에 그녀의 마음을 사로잡을 수 있지 않겠느냐고 했다. 그런 이유로 목숨을 걸고 호랑이 사냥에 나서다니 예전부터 알긴 했지만 필수는 제정신이 아닌 게 틀림없었다.

이야기를 하던 도중 수풀에서 무언가 부시럭거리는 소리가 나서 우리는 소스라치게 놀랐다. 잠시 후 그저 나뭇가지에 쌓인 눈이 바람결에 떨어지면서 난 소리일 뿐이라는 게 밝혀질 때까지 우리는 완전히 굳어버려서 꼼짝도 하지 못한 채 소리가 난 곳만 뚫어져라 쳐다보았다. 고양이 탐정은 털 빠진 생닭이 마치 수류탄이라도 되는 것처럼 던질 자세를 취한 채 바짝 얼어 있었다.

그후로 우리는 빠른 대응을 위해 끄트머리에 생닭을 횃불처럼 꽂은 나무 막대기를 어깨에 걸친 채 탐색을 이어나갔다. 하루 종일 수색을 했지만 우리는 발자국 하나 발견하지 못했고 해가 저물 무렵이 되어서 산에서 내려왔다. 겨울이라 해가 빨리 졌다.

우리는 매일 아침 만나서 산속을 헤매고 다녔다. 하지만 불행인지 다행인지 수색을 시작한 지 나흘이 되도록 호랑이는 보이지 않았다. 해가 지면 돌아와서 인터넷을 들여다봤다. 종일 산속을 헤집고 다니느라 피곤해서 오래 보지는 못했고 로스토프에 관한 소식이 있는지 대충 살폈다. 파주의 아파트 단지에서 호랑이를 목격했다는 게시물이 올라왔는데 사진이 없기도 했고 정황상 커다란 개나 버려진 인형 같은 걸 보고 오인했을 가능성이 높아 보였다. 글의 맞춤법이 엉망이었다는 점도 제보의 신뢰도를 크게 떨어트렸다. 그외에도 남해나 심지어 제주도에서도 목격자가 나왔지만 하나같이 증거가 될 만한 사진은 없었나.

하루는 집에 돌아와서 라면을 끓여 먹고 지영에게 전화를 걸었다. 그녀는 전화를 받았고 나는 복직은 어렵게 되었다고 말했다. 지영은 밤이어서 그런지 내가 불쌍해서 그런지 요즘 잘 지내느냐고 물었고 나는 굳이 숨길 것도 없고 해서 내가 하고 있는 일을 이야기했다. 그녀는 잠시 말이 없더니 무슨 정신 나간 짓을 하고 다니느냐고 했다. 그녀는 호랑이가 과천에 있을 거라던데 그러다가 잡아먹히기라도 하면 어쩌려고 그래?라고 했는데 나는 다른 것보다 그녀가 로스토프에 관심을 가지고 있었다는 사실이 반가워서 조금 기분이 좋아졌다. 나는 그러니까 수색을 하고 다니는 거지,라고 대답했고 지영은 그렇다고 그걸 네가 왜 해야 하냐고 했는데 그 말을 듣고 보니 나도 정말 내가 왜 이러고 있는지 모르겠다는 생각이 들었다. 필수는 큐레이터 때문이었고 고양이 탐정은 정확히 알 수는 없지만 소명의식이라든가 뭐 그런 게 있는 것 같았다. 그럼 나는? 나는 아무 이유가 없었다. 하지만 호랑이를 찾아 산을 헤매고 다니는 것 외에 달리 할 일이 있는 것도 아니었다. 나는 그런 생각을 하느라 전화기를 든 채 잠시 말을 하지 않았고 그녀도 그동안 말을 하지 않았다. 나는 그녀에게 그럼 너는 왜 갑자기 이혼하자고 한 거냐고 혹시 남자라도 생긴 거냐고 물었다. 그녀는 아니라고 대답했다. 지영은 잠시 머뭇거리는 것 같더니 나도 잘 모르겠어, 하지만 이렇게 하지 않으면 안 될 것 같다는 생각이 들어,라고 말했다. 나는 그게 무슨 소리냐고 물었고 그녀는 대답하지 않았다.

호랑이 사냥을 시작한 지 닷새째 되는 날 우리는 동굴을 발견했다. 고양이 탐정의 말대로 그것은 로스토프가 탈출한 우리에서 그리 멀지 않은 곳에 있었다. 그렇게 가까운 거리에 있었는데도 닷새째가 되어서야 우리에게 발견된 것은 동굴의 입구가 나무들로 교묘히 가려져 있었기 때문이다. 그것을 발견한 건 필수였다. 그는 뒤에서 걷고 있었는데 갑자기 속삭이는 목소리로 나와 고양이 탐정을 불렀다. 우리는 멈춰 서서 그가 가리키는 곳을 바라보았는데 처음에는 뭐가 있다는 건지 잘 알 수 없었지만 곧 그쪽에 동굴이 있다는 걸 알아차렸다. 동굴 안으로 들어갈 준비를 하는 데에는 꽤 시간이 걸렸다. 호랑이가 있을 수도 있었기 때문에 최대한 신중히 움직여야 했다. 우리는 마침내 모르도르에 당도한 반지 원정대처럼 모든 무장을 갖췄다. 고양이 탐정은 닭을 나무 막대기에 꽂았고 나는 공포탄이 든 가스총과 전기충격기를 꺼내 들었다. 우산은…… 왠지 로스토프를 바보 취급하는 기분이어서 관뒀다. 우리는 조심스럽게 동굴 안으로 걸음을 옮겼다. 필수가 앞장을 섰다. 그는 닭을 꽂은 나무 막대기를 마치 창처럼 그러쥔 채 로스토프를 찌를 기세로 동굴 안에 발을 들여놓았다. 그런데 당연하다면 당연한 결과랄까. 로스토프는 보이지 않았다. 호랑이가 머물 수 있을 만큼 내부가 넓긴 했다. 하지만 동굴 안은 텅 비어 있었다.

물론 문자 그대로 아무것도 없었다는 뜻은 아니다. 고양이 탐정은 배낭에서 랜턴을 꺼내더니 한참 동안 동굴 안을 뒤지다가 무언가를 찾아냈다. 짐승의 것으로 추정되는 배설물이 있는데 그는 그걸 발견하고는 로스토프가 이곳에 있었다는 명백한 증거라며 호들갑을 떨었다. 배설물은 말라비틀어져 있어서 그게 여기 놓이게 된 후 얼마의 시간이 지났는지도 가늠하기 어려웠다. 로스토프의 것이 아니라 고라니나 살쾡이의 것일 수도 있었다. 어쩌면 지난해에 동물원을 탈출한 말레이곰이 잡히기 전에 잠깐 머물다 간 흔적일지도 몰랐다. 하지만 고양이 탐정은 그것이 호랑이 똥이라고 굳게 믿었는데, 결국 그것이 어떤 동물의 배설물인지는 밝혀지지 않았다.

수색을 시작했을 때 목표로 했던 대로 동굴을 찾아내자 우리는 방향을 잃고 주저앉았다. 이번에는 문자 그대로 주저앉았다는 뜻이다. 동굴 안은 바깥보다는 덜 추웠고 눈길을 헤매느라 지쳐 있던 우리는 일단 앉아서 숨을 돌리기로 했다. 나도 모르게 입구 쪽을 힐끔힐끔 쳐다보기는 했지만 로스토프가 들어올 리는 없다고 봐도 무방했다. 고양이 탐정은 로스토프가 아직 이 산에 있다고 믿고 싶어했지만 닷새 동안 발자국 하나 발견하지 못했으니 그가 이 산에 있을 가능성은 없었다. 마지막으로 눈이 온 것은 일주일도 더 전이었고 로스토프에게 날개가 달리지 않은 이상 발자국을 남기지 않고 돌아다니는 것은 불가능했기 때문이다. 결국 고양이 탐정도 호랑이가 이 산에 없다는 사실을 인정해야 했다. 쌍뜨뻬쩨르부르끄에서 박사학위를 땄다는 아무르호랑이 전문가의 말대로 로스토프는 지금 전국의 산을 헤매고 있을 것이다. 아직까지 믿을 만한 목격자가 나타나지 않은 것으로 보아 어쩌면 이미 북방한계선을 넘어 시베리아로 돌아갔을지도 모를 일이었다. 잘은 모르지만 동물들에게는 대개 귀소본능이란 게 있지 않나. 나는 풀이 죽은 고양이 탐정에게 왜 이렇게 끈질기게 그를 잡으려는 거냐고, 로스토프가 부모의 원수라도 되느냐고 물었다. 고양이 탐정은 참 빨리도 물어본다는 얼굴은 하지 않았다. 대신 잠시 머뭇거리더니 입을 열었다. 그는 사실 자신은 로스토프를 잡으려는 게 아니라고 했다. 단지 오랫동안 굶주렸을 그에게 먹이를 주려 했을 뿐이라는 것이었다. 필수는 그럼 닭에 수면제는 왜 집어넣었느냐고 물었는데 고양이 탐정이 대답하기도 전에 나는 그가 무슨 말을 할지 알 수 있었다. 애초에 수면제 따위는 들어 있지도 않았던 것이다. 나는 호랑이에게 닭 몇마리 먹이려고 어떻게 죽음을 무릅쓰면서 산속을 헤맬 수 있느냐고 그에게 물었다. 그는 이렇게 대답했다.

"세상에서 가장 큰 고양이에게 먹이를 주는 건 멋진 일이잖아요."

산에서 내려온 우리에게는 한가지 과제가 있었는데 다른 것들은 몰라도 닭 스무마리는 어떻게든 처리해야 했던 것이다. 내가 그 문제를 고민하고 있는 것처럼 보이자 로스토프를 잡을 수 없게 되어 잠시 시무룩해 있던 필수는 너무나 당연하다는 듯이 말했다.

"우리가 먹으면 되잖아."

그래서 우리는 백숙을 끓였다. 나는 찬장을 뒤져 집에 있는 가장 큰 솥을 찾아냈다. 지영이 뭘 끓이려고 그렇게 큰 솥을 샀는지 모르겠지만 꽤 많은 닭을 집어넣을 수 있었다. 우리 집은 냉장고에 남은 공간이 얼마 없었고 필수는 집에 냉장고가 아예 없었고 고양이 탐정은 사는 곳이 너무 멀어서 우리는 닭을 할 수 있는 한 많이 삶기로 했다. 안을 가득 채우니 닭은 몇마리 남지 않고 대부분 솥으로 들어갔다. 닭이 익기를 기다리며 우리는 술판을 벌였다. 필수는 백숙을 먹기도 전에 배가 부르면 안된다며 맥주를 사는 대신 자기 집에 가서 양주를 가져왔는데 십이년산 시바스리갈이었다. 나는 얼마 전부터 시바스리갈을 싫어하게 되었지만 다른 술이 있는 것도 아니니 어쩔 수 없는 일이었다. 우리는 닭이 익기도 전에 취해버렸다. 추위 속에서 헤맨 후여서 그런지 술에 취해서 그런지 백숙은 별 양념을 하지 않았는데도 놀랍도록 맛있었다. 고양이 탐정은 마지막으로 이렇게 푸짐한 식사를 한 게 언제인지 모르겠다며 열심히 닭을 집어먹었고 그러는 와중에도 로스토프에게 닭을 먹이지 못한 것을 안타까워했다. 필수는 닭다리를 입으로 가져가며 호랑이를 잡았으면 지금쯤 그녀와 함께 있었을 텐데, 하며 한탄했고 그러면서도 다음 사업 아이템은 닭백숙으로 해야겠다며 꼬부라진 혀로 떠들어댔다. 나는 지영에 대해 생각해보려다 그만두었다. 대신 집에 왜 이리 큰 솥이 있었을까 생각했다. 아무리 생각해도 이유를 알 수가 없었다. 그래서 나는 그냥 배가 터질 때까지 닭을 뜯었다. 물릴 때까지 닭을 뜯고 또 뜯다보니 몇년간 닭 생각은 안 나겠구나 싶었다.

필수는 믿지 않았지만 나는 그날 밤 로스토프를 봤다. 필수와 고양이 탐정을 배웅하고 집에 돌아오는 길이었다. 그곳은 수풀이 우거진 산이나 하다못해 나무가 많은 공원도 아니었다. 그저 조금 한적한 골목이었기 때문에 나는 그 노랗고 커다란 것이 호랑이라는 걸 바로 알아차리지 못했다. 나는 조금 비틀거리고 있었는데 평소처럼 앞만 보고 걸어갔다면 아마 그를 보지 못하고 지나쳤을 것이다. 열두시를 한참 넘긴 새벽이었고 눈이 오고 있었다. 거리에는 아무도 없었다. 나는 어지러움을 느껴 잠시 발걸음을 멈추고 눈이 쌓인 풍경을 멍하니 쳐다보고 있었는데 그때 모퉁이를 돌아나오는 그를 보았다. 그가 내뿜는 흰 콧김이 선명히 보일 정도로 가까운 거리였다. 그것이 호랑이라는 사실을 깨달은 나는 숨 쉬는 것도 잊은 채 그 자리에 멈춰버렸다. 마치 코브라와 마주친 토끼가 꼼짝없이 온몸이 마비되는 것처럼. 아니 어쩌면 한밤중 사막을 헤매다 느닷없이 떠오른 보름달을 보고 말문이 막혀버린 여행자와 같은 반응이었는지도 모르겠다. 조금 야윈 듯했지만 다섯살 먹은 아무르호랑이는 내가 상상했던 것보다 훨씬 컸다. 그는 멈춰 서서 잠시 나를 살피는 듯하더니 위협이 되지 않을 거라고 생각했는지 먹을 만한 게 아니라고 생각했는지 몸을 한번 털고 다시 걷기 시작했다. 로스토프는 흐르는 것처럼 부드럽게 걸었는데 검은 줄무늬가 어지러이 수놓인 황금색 털이 가로등 빛을 받아 부드럽게 반짝였다. 그가 두툼한 앞발로 땅을 디딜 때마다 흰 눈가루가 가볍게 피어올랐다. 나는 그대로 서서 더이상 보이지 않을 때까지 그가 걷는 것을 바라보았다. 로스토프는 곧 골목 뒤쪽으로 사라졌고 나는 그가 사라진 후에도 꽤 오랫동안 그 자리에 서 있었다. 그리고 집으로 돌아오면서, 그가 조금이라도 더 이 세계에 머물렀으면 좋겠다고 생각했다.

지평선에 닿기

나는 그 시기에 일어난 모든 일이 서지연이 보낸 메일에서 비롯되었을지 모른다는 생각을 하곤 한다. 하지만 사실상 그 메일과 우리 가족에게 일어난 일 사이에는 그 어떤 연관관계도 없었다. 그저 우연하게도 일이 일어난 기간이 정확히 겹쳤기 때문에 그런 느낌이 드는 것뿐일 테다. 어쨌거나 서지연이 그때 내게 메일로 들려준 이야기는 내가 들어본 중 가장 이상한 이야기였다. 그녀는 내가 대학에 입학한 후 처음으로 사귄 여자였다. 같은 학교를 다닌 건 아니었고, 트위터를 통해서 알게 된 사이였는데 처음에는 멘션이나 종종 주고받다가 갑자기 오프라인 독서모임 같은 것을 결성하면서 실제로 만나게 되었다. 원래 세사람이서 하기로 했는데 한사람이 갑자기 사정이 생겨서 빠지는 바람에 결과적으로 둘만의 독서모임이 된 것이다.

그녀와 나는 독서취향에 공통점이 많았다. 우리는 일명 '지하생활자의 수기'형 소설이라 부를 만한 책들을 좋아했다. 다자이 오사무의 『인간 실격』이나 외젠 이오네스꼬의 『외로운 남자』 같은 소설들, 타까하시 겐이찌로오의 『우아하고 감상적인 일본 야구』 같은 작품도 거기에 해당되었다. 그렇다고 꼭 그런 작품들만 읽은 것은 아니었고 (이런 분류가 가능하다면) 수용소(혹은 감금) 문학도 우리의 관심 분야였다. 이를테면 솔제니찐의 『수용소 군도』나 프리모 레비의 『이것이 인간인가』, 헤르타 뮐러의 『숨그네』 같은 것들. 아베 코오보오의 『모래의 여자』처럼 '지하생활자의 수기'형 소설이면서 수용소 문학의 범주에도 들어가는 작품들도 있었다. 우리는 그런 책들을 읽고 만나서 함께 이야기를 나누며 맥주를 마시곤 했다. 그녀는 나보다 나이가 두살 많았고 내가 다니던 학교와 아주 가까운 곳에 있는 여대에서 미술을 전공하고 있었다. 그래서 공강이면 우리는 특별한 이유가 없을 때도 종종 만나서 점심을 함께 먹었다. 그녀가 다음 해면 졸업반인 것에 비해 나는 이제 대학 신입생일 뿐이었지만 그녀나 나나 그 점에 대해서는 전혀 신경 쓰지 않은 채 서로를 대했다. 게다가 독서 말고 음악이나 영화 등에서도 놀라울 정도로 취향이 비슷했는데 그래서 우리는 급속도로 가까워졌고 결국 자연스럽게 사귀는 사이로까지 발전하게 되었다.

우리는 일년 정도 사귀다가 헤어졌다. 이별에 특별한 계기가 있었던 것은 아니다. 처음에는 서로의 취향이 놀라울 정도로 비슷하다는 것을 알아가다가 나중에는 점차 서로의 성격이 놀라울 정도로 다르다는 사실을 깨닫게 된 것뿐이다. 나는 어느정도 나이가 들고 나서야 모든 연인이 그런 이유로 만나고 또 그런 이유로 헤어진다는 사실을 알게 되었다.

우리는 연인관계가 끝난 이후에는 다시 친구로 돌아왔다. 물론 연애를 시작하기 전과 후에 서로의 관계를 정의하는 '친구'라는 단어가 결코 같은 의미일 리 없겠지만. 그래도 우리는 그럭저럭 잘 지내는 편이었다. 그렇다고 실제로 만나거나 하지는 않았고 가끔 서로 이메일을 주고받는 정도였다. 그녀는 고등학교 때까지 미국에서 살았기 때문에 한국에 친구라고 할 만한 사람이 거의 없었고 그래서 겉으로 티를 내지는 않았지만 조금 외로워했던 것 같다. 나라고 사정이 다른가 하면 그렇지도 않았다. 왜 그랬는지는 모르겠지만 중학교에 올라가면 초등학교 친구들을 만나지 않게 되었고, 고등학교에 올라가서는 중학교 친구들을, 대학교에 올라와서도…… 언제나 마찬가지였다. 단짝친구라는 게 있어본 적도 없다. 애초에 단짝친구라는 걸 만들 수 없는 사람이 있지 않나? 내가 그런 사람이었다고 생각할 수밖에. 그러니까 그때 서지연은 사실상 내 유일한 '친구'였던 셈이다(생각해보면 우리가 '지하생활자의 수기'형 소설을 좋아했던 것도 바로 이런 이유에서였던 것 같다). 우리는 주기적으로 이메일을 주고받았는데 그녀가 먼저 말을 걸고 내가 답을 하는 식이었다.

그녀는 메일에 주로 최근에 읽은 책이나 영화에 관한 것들에 대한 이야기를 썼지만 어떨 때는 그냥 생각나는 대로 아무 말이나 쓰는 것 같기도 했다. 이를테면 우주는 빅뱅 이후 여전히 팽창해가고 있다더라, 그런데 그렇다고 그것이 구 형태는 아니라는데, 아무리 상상력을 동원해봐도 그것의 형태를 머릿속에 그려볼 수가 없어, 너는 상상이 가니?…… 서구 침략이 없었다면 아시아에서 가장 먼저 시민혁명을 일으켰을 나라는 어디였을까, 당연히 우리나라는 아니었겠지?…… 미국의 황무지가 얼마나 넓은지 아니? 차를 타고 한없이 달려도 똑같은 풍경만 계속 펼쳐져서 난 늘 무서웠어, 다시는 집에 돌아가지 못할 것 같다는 생각이 들었거든…… 같은 이야기를 늘어놓는 식이었다. 나는 그녀의 그런 공상에 가까운 생각들에 관해 나름대로 성실하게 응답해주곤 했다. 그렇다고 늘 그런 이상한 대화만 나눈 것은 아니었고 평범하게 서로 어떻게 지내는지 안부를 묻기도 했다.

그런데 어느날은 뜬금없이 비밀을 하나 알려주겠다는 것이었다. 그녀는 세상에서 자신 외에는 아무도 모르는 놀라운 비밀을 오로지 내게만 알려주겠다고 했다. 나는 무슨 대단한 이야기가 있겠어, 하는 생각에 약간 시큰둥한 기분으로 메일을 읽어나갔는데 그것은 예상한 것보다는 훨씬 이상한 이야기였다. 이야기인즉슨 자신은 사실 서지연이 아니라는 것이었다. "서지연은 내 동생이야. 정확히 말하면 쌍둥이 동생. 그런데 그걸 엄마도 몰라." 그녀는 이렇게 썼다. 나는 그 글만 읽었을 때는 선뜻 이해를 하지 못했다. 그녀는 꽤 긴 글을 통해 그게 어떻게 된 일인지 설명해주었는데 요약하자면 대략 이런 이야기였다.

서지연은 앞에서 말했듯이 미국에서 어린 시절을 보냈다. 그녀의 집은 텍사스 주의 황무지 한가운데에 있는 이층짜리 저택(그녀는 그냥 집이라고 썼지만 그녀의 묘사에 따르면 그것은 거의 저택에 가까웠다)이었는데 주변에 인가도 드물었고 가장 가까운 마트에 가려고 해도 차를 몰고 한시간은 달려야 할 정도로 황량한 곳이었다고 한다. 아버지는 석유회사에서 일했는데 한번 일을 나가면 몇주일씩 집을 비우곤 해서 그 넓은 집에 그녀와 엄마 그리고 쌍둥이 동생까지 셋만 있을 때가 많았단다. 그러던 어느날, 초등학교에 입학할 나이가 된 두 아이가 이제 다 컸다고 생각했는지 어머니는 집에 둘만 남겨둔 채 차를 몰고 마트에 갔고 그날 사건이 일어났다는 것이다.

그녀의 말에 의하면 둘은 앞마당에서 같이 흙장난을 하고 있었는데 어느 순간 고개를 들어보니 동생이 사라지고 없더란다. 동생은 어머니가 집에 돌아올 때까지 나타나지 않았다. 어머니는 장을 보고 집에 돌아왔을 때 아이가 하나밖에 없는 것을 보고 아무 생각 없이 그녀에게 "주연이는 어디 있니?"라고 물었고(그녀의 어머니는 보통 엄마들이 그러하듯이 자식들을 정확히 구분하지 않고 생각나는 대로 이름을 부르는 버릇이 있었다) 그녀 또한 별생각 없이 자신이 주연이라고 밝히는 대신 그저 "모르겠어"라고 대답했다. 서지연은 그 대답 하나가 모든 것을 바꿔 놓았다고 했다. 그 말을 한 그 순간부터 그녀는 언니 서주연이 아니라 동생 서지연이 되어버렸다는 것이다. 동생이 영영 돌아오지 않았기 때문이다. 몇달 후 납치범이 검거되었는데 그는 여자아이를 납치한 직후 살해했으며, 한밤중 황무지 한가운데에 오 피트 깊이의 구덩이를 파서 묻어버렸고 장소는 기억나지 않는다고 했다.

서지연은 동생이 사라진 직후부터 몇개월 동안 어린아이가 이해하기에는 너무 빠른 속도로, 너무 많고, 또 너무 복잡한 일들이 일어났다고 했다. 수많은 사람들이 집을 들락거렸고, 다양한 기계들이 집 안에 들어왔고, 모든 사람들이 숨을 죽인 채 전화기만 바라보고 있었고, 어머니와 아버지는 종종 소리를 지르며 다투었고(그일이 있기 전에는 그런 일이 단 한번도 없었다고 했다), 그러다가는 다시 서로를 부둥켜안은 채 눈물을 흘렸고…… 모두가 비통해하는 그런 상황에서 자신이 사실 지연이가 아니라 주연이라고 부모님에게 이야기하는 일은 전혀 중요하지 않은 일처럼 느껴졌을 뿐더러 오히려 그런 얘기를 꺼냈다가는 호통을 들을 것만 같았단다. "지금 이 상황에서 그게 그렇게나 중요하니?" 그녀는 그런 말을 들을 것이 두려웠다. 그리고 모든 일이 끝난 다음에는 이미 늦은 후였다고 했다. 그녀는 초등학교에 입학하고, 중학교에 진학하고, 고등학교를 졸업한 뒤 한국으로 돌아와 대학에 다니는 동안 황무지에 묻힌 동생의 이름, 서지연이라는 이름으로 살았다. 또 그 이름으로 남자친구도 사귀었고…… 그게 그녀가 들려준 이야기였다.

나는 그 이야기가 정말로 이상하다고 생각했다. 어떻게 보면 굉장히 중요한 문제 같기도 했고 어떻게 보면 아무것도 아닌 일처럼 느껴지기도 했다. 어쨌거나 나는 그 이야기를 하필 지금, 내게, 왜 하는지를 이해할 수 없었다. 그리고 내가 그 이야기를 듣고 무슨 이야기를 해줘야 하는지도 알 수가 없었다.

나는 그녀에게 메일이 오면 보통 며칠 안에는 답장을 보내곤 했지만 그때에는 꽤 오랫동안 그렇게 하지 못했다. 뭐라고 답장을 써야 할지 몰랐기 때문이기도 했지만 그것보다 마침 그때 내가 다른 일에 신경을 쓰기에는 어려운 상황에 처해 있었기 때문이다. 그것은 내 가족과 관련된 일인데, 솔직히 나는 내 가족에 대한 이야기라면 별로 하고 싶지가 않다. 그러나 우리 가족에 대한 이야기를 하지 않고는 결코 서지연에 대해 이야기할 수 없다는 사실을 나는 알고 있다. 그녀가 들려준 이야기 속 그녀의 가족과 우리 가족은 결국 정반대의 결과를 맞이했다고 볼 수 있지만 어딘지 모르게 연결되어 있다는 느낌이 드는 것이다.

내가 가족에 대해 쓰고 싶지 않은 이유를 밝혀야 할까? 사실 대단한 이유가 있는 것은 아니다. 그저 그들이 진절머리 나게 싫을 뿐이다. 나는 지금까지 살아오면서 가족에게 그 어떤 애정도 느껴본 적이 없는데 그럼에도 불구하고 집 밖에 나가 있는 시간을 제외하면 남은 모든 시간을 어떻게든 그들과 부대끼며 지내야 했다. 그다지 잘 맞는 구석도 없는데 혈연으로 얽혀 있다는 이유로 평생 벗어날 수 없는 관계를 지속해야 한다는 사실은 나를 고통스럽게 했다. 나는 아버지와 어머니 둘 중 그 누구와도 닮지 않았고, 심지어 형과도 외모에서나 성격에서나 비슷한 면이 없었다(그래서 나는 어린 시절 내가 이들의 진짜 가족이 아닐지도 모른다는 생각을 하기도 했다. 언젠가는 진짜 가족이 나타날지 모른다는…… 이제는 그런 드라마틱한 일이 내게 일어날 리가 없다는 사실을 인정하고 말았지만). 나는 머리가 채 여물기도 전인 아주 어린 시절부터 독립적인 인간으로서 오로지 홀로 존재하고 싶다는 열망에 휩싸여 있었다. 그러니까, 나는 일단 성인이 되어야 했다.

오랜 기다림 끝에 결국 대학에 입학하고 나서야 그 꿈을 이룰 수 있게 되었다. 처음 자취방을 구해 집을 나오게 되었을 때는 뛸 듯이 기뻤다. 드디어 오로지 나 혼자만의 공간에서 아무와도 연관 짓지 않아도 되는 삶을 살게 된 것이다. 지긋지긋한 가족으로부터의 독립! 완전한 해방! 우리 가족은 당시 안양에 살았는데 나는 일부러 집에서 먼 학교를 택했다. 어머니는 국립이고 학비도 싼데다가 집과도 가까운 서울대에 입학하기를 기대했지만 결국 그렇게 되지는 않았다. 나는 집에서 멀고 먼 서울 서북단에 있는 연세대 영문과에 입학했고, 통학하는 데 왕복 세시간은 걸린다는 이유로 입학식도 하기 전에 자취방부터 구했다. 그리 세련된 집은 아니었지만 창문도 있고 주방과 방이 분리되어 있는, 나름 그럴듯한 집이었다. 물리적으로, 정신적으로, 경제적으로 사실상 완전한 독립이었다. 이른바 명문대에 다닌다는 것의 이점이 무엇인가? 바로 과외를 할 수 있다는 것이다. 사교육 시장의 지나친 활성화를 반대하는 내 개인적 견해와는 무관하게 나는 그 시장에 뛰어들 수밖에 없었는데, 독립을 위해서는 피할 수 없는 선택이었다. 나는 대학 합격통지를 받자마자 과외학생을 모집하기 시작했다. 주로 목동 쪽 아파트에 광고지를 붙였는데 운 좋게도 금방 학생 몇명을 구할 수 있었다(아파트 일층 현관에 종이쪼가리 한장을 붙이는 데에도 관리실에 돈을 내야 한다는 사실을 나는 그때 처음 알았다). 일단은 중학생 한명과 고등학생 두명. 그것만으로도 최소한의 생계는 꾸려나갈 수 있었다. 개인적 신념을 배반한 댓가로 나는 가족으로부터의 완전한 독립이라는 실리를 취할 수 있었던 것이다. 더이상 아버지어머니 그리고 형과 연관된 삶을 살 필요가 없었다. 라이오넬 슈라이버의 소설에는 이런 구절이 등장한다. "자식이 우리의 말을 따르는 건, 까놓고 말해 우리가 그 아이의 팔을 부러뜨릴 수 있기 때문이야." 경제적 독립이란 아버지나 어머니가 더이상 내 팔을 부러뜨릴 수 없다는 말과 같다.

그런데 서지연의 그 이상한 사연이 담긴 메일을 받은 바로 다음날, 나는 내가 누리고 있던 모든 것이 여지없이 무너져내릴 만한 커다란 위기에 처하고 말았다. 일반적인 가정에서도 이런 일이 일어나곤 하나? 아니, 이 정도 일이 일어나면 이미 일반적인 가정이라고 할 수도 없다. 지긋지긋한 우리 가족은 또다시 나의 평온하며 견고한(적어도 그렇게 믿었던) 독립적인 삶에 균열을 내기 시작한 것이다.

나는 그날 현장에 있지 않았기 때문에(그것만은 정말이지 얼마나 다행이었는지……) 그날의 일은 모두 어머니에게서 전해들었다. 형이 '무언가' 사건을 벌인 다음 날의 일이었다. 그 '무언가'가 무엇인지는 별로 말하고 싶지 않다. 그리고 솔직히 말해서 모든 일이 끝난 지금도 나는 그 사건의 진실을 정확히 알지 못한다. 현장에 있던 여러 사람의 증언을 통해서 재조합된 '법적 사실'만 알고 있을 뿐이다. 형과 관련된 그 사건이 벌어진 바로 다음 날, 가족들이 늦은 아침식사를 하고 있을 때 경찰들이 느닷없이 집에 들이닥쳤고 그들은 부모님의 눈앞에서 형에게 수갑을 채웠다. 형은 경찰서에 가서 조서에 서명을 했고 곧바로 수감되었다. 어머니는 내게 전화를 해서 정신 나간 사람처럼 흥분한 목소리로 당장 집으로 오라고 했다.

"지금 어디니? 집에 당장 좀 와야겠다."

"무슨 일인데, 엄마?"

"나도 도무지 뭐가 뭔지 모르겠다. 어쨌든 네가 당장 집으로 와야 해."

"나 지금 과외 가."

"네가 지금 뭘 하러 가고 있든 무조건 지금 곧장 집으로 와. 오면 다 알게 될 거야."

적어도 그 순간 어머니는 내가 집으로 오는 것이 세상 그 어떤 일보다 가장 시급하고 중요한 일이라고 느꼈던 것 같다. 왜냐하면 이런 낯설고 위험한 상황에서 모든 가족이 함께 있지 않는다는 것은 이상한 일이니까. 나는 지하철을 갈아탄 뒤 정말 죄송하지만 수업을 미룰 수 있겠느냐고 사정하는 문자를 과외학생의 부모에게 보내야 했다.

집에 도착해서 대략적인 상황을 알게 된 나는 형이 무슨 짓을 저질렀는지는 물어보지 않았다. 다른 집이라면 몰라도 우리 가족에게는, 안 좋은 일이라면 무슨 일이든 일어날 수 있었다. 평소에도 어머니와 아버지는 심심찮게 지붕이 들썩일 정도로 소리를 질러대며 말다툼을 벌였고, 가끔 집 안의 물건들이 날아다니기도 했다. 나는 물건들이 깨지고 부서지는 소리를 듣고 싶지 않아 방에 틀어박혀서 귀에 이어폰을 꽂고 모든 일이 끝날 때까지 볼륨을 최대로 올린 채 페이브먼트나 AC/DC 같은 음악을 들었다. 아버지는 종종 집을 나갔는데 그때마다 나는 내심 기뻐하곤 했다. 적어도 그동안은 비교적 집안이 조용했다. 하지만 완전히 마음을 놓을 수는 없었는데 가끔은 아버지를 대신해 형이 어머니와 언성을 높여가며 싸웠기 때문이다. 나는 안 그랬느냐고? 물론 나라고 늘 쥐 죽은 듯이 지냈던 것은 아니다. 어떻게 그럴 수가 있었겠나. 우리 가족은 도무지 상식이라고는 통하지 않는 사람들인데. 일단 말다툼이 시작되면 끝장이 날 때까지, 무언가 중요한 물건이 박살이 나든지, 누군가가 크게 상처를 입을 때까지 싸움이 계속되었다. 우리는 모진 말로 서로에게 사정없이 칼을 꽂아댔다. 상대에게 결코 완치될 수 없는 깊은 상처를 입히고 나서야 말다툼을 멈추고 각자의 방에 틀어박혀서 며칠이고 아무 말 없이 지내곤 했다. 지금 생각해봐도 우리는 결코 같은 장소에서 살 수 없는 사람들이었다. 그 어떤 관심사도, 가치관도, 윤리관도, 생활습관도 공유하고 있지 않은 네사람이 그저 혈연관계라는 이유로 한집에서 문제없이 함께 사는 것은 불가능한 일이었다.

　어머니와 아버지는 유전자를 공유하지 않은 타인이니 그렇다 쳐도, 나와 형마저 전혀 공통점이 없다는 건 이상한 일이었다. 같은 유전자를 물려받고 같은 환경에서 성장했음에도 형과 나는 완전히 달랐다. 고등학생 시절, 형은 집에 친구들을 데리고 와서 가끔 방문을 잠가놓고 몇시간을 보내곤 했는데 방에서 담배냄새가 새어나오고 가끔씩 환성이나 탄식이 들리는 걸로 봐서 도박판을 벌이는 듯했다. 어머니가 집에 돌아와서 한참 동안 미친 듯이 방문을 두드리면 형은 친구들과 우르르 집을 빠져나갔다. 형은 가끔 내게 꽤 비싼 물건을 아무 말 없이 던져주곤 했다. 내게 꼭 필요한 것도 아니었지만 나는 굳이 그것의 출처를 물어보지 않고 아무 말 없이 받곤 했다. 당시 내가 가지고 있던 아이팟터치와 몽블랑 만년필 같은 것들은 다 그런 식으로 형에게 받은 것들이었다. 형은 어떤날에는 티셔츠의 목 부분이 너덜너덜해진 채로 얼굴 한쪽이 시퍼렇게 부어서 돌아오기도 했는데, 그럴 때마다 엄마는 형과 함께 나가 밤늦도록 돌아오지 않았다. 나중에 안 사실이지만 그럴 때마다 어머니와 형이 밤을 보낸 곳은 병원이 아니라 경찰서였다. 형은 치료도 받기 전에 자신이 코뼈나 갈비뼈를 부러뜨려놓은 피해자와 합의를 봐야 했다. 이런 환경에서 내가 정상적인 정신상태를 유지한 채 성인이 되었다는 것은 기적에 가까운 일 아닌가?

　나는 형과 달리 그 어떤 사건도 일으키지 않고 유년 시절을 보냈다. 그럼에도 불구하고 나는 가끔 흥분한 상태의 어머니에게서 '이

기적인 자식'이라든가 '지 가족들이 다 죽어도 눈물 한방울 안 흘릴 놈'이라든가 하는 지독한 말들을 듣곤 했지만 나는 그 말에 신경을 쓰지 않으려고 노력했다. 그럴 때 반응을 하면 또 몇시간은 말다툼을 벌여야 했으니까. 말다툼이라면 정말이지 진절머리가 났다. 나는 오로지 해방의 순간만을 꿈꾸며 숨죽인 채 청소년기를 보냈다. 다행인 사실은 공부가 내 적성에 꽤 잘 맞았다는 것이다. 나는 교과서를 몇번이고 반복해 읽어서 통째로 외워버리거나, 수학 공식을 암기한 뒤 그것을 대입해 문제를 풀어내는 일을 왜들 그렇게 어려워하는지 도무지 이해가 되지 않았다. 더 좋은 성적을 받고 싶으면 책상에 더 오래 앉아 있으면 그만이었다. 어머니는 내가 성적표를 가져올 때마다 마치 다른 용무가 있는 것처럼 이모들에게 전화를 걸고는 한참 딴 얘기를 하다가 막판에는 결국 내 성적 이야기를 꺼냈다. 그러면서 이런 말을 하곤 했다.

"얘는 정말 누굴 닮았는지 모르겠다니까."

나도 내가 누굴 닮았는지 알 수가 없었다. 아버지는 초등학교에 입학하기도 전에 남해에서 서울로 상경해 이런저런 일로 생계를 해결했고(나는 그때 아버지가 정확히 무슨 일을 했는지 알지 못한다. 왜냐하면 물어보지 않았기 때문이다), 서른살이 되었을 즈음 자기 앞으로 자동차 정비소를 하나 차렸는데 그 시기에 시골에서 중학교를 중퇴한 뒤 서울로 올라와 구로공단에서 여공으로 일하던 어머니와 만났다고 했다. 둘 다 공부라고는 제대로 해본 적이 없었다. 형 또한 마찬가지였는데, 우리 집 가풍(?)을 생각하면 형이야말로 지극히 평범한 아들인 셈이었다. 형은 초등학생 때부터 담배를 피웠고 중학교 때에는 몇번 가스관을 타고 올라가 이층이나 삼층의 빈집을 털다가 잡힌 적이 있었던데다가 고등학교 때는 자주 폭력사건을 일으키곤 했다. 한번은 형에게 맞은 상대가 너무 크게 다쳐서(그 불쌍한 친구는 반년 동안 입원해서 고등학교를 한 학년 더 다녀야 했다) 다툼의 원인 제공자가 누구였든간에 우리 쪽에서 치료비를 물어줘야 했고 형은 정학 처분을 받는데 그 참에 형은 아예 학교를 그만두어버렸다. 결국 온갖 '고난과 역경'을 헤치고 고등학교라는 엄청난 관문을 통과한 뒤 겨우 대학의 문턱에 발을 걸칠 수 있었던 사람은 가족 중에 내가 유일했던 것이다.

나는 그 일, 그러니까 형이 구속된 그 일 이후 우리 가족이 어떤 변화를 겪게 될지 알 수가 없었다. 일이 이렇게까지 커진 것은 처음이었기 때문이다. 나는 아침식사가 차려진 식탁 앞에서 은색으로 번쩍번쩍 빛나는 수갑을 찬 형에게 미란다 원칙을 고지하는 경찰의 모습을 머릿속으로 그려보았다. 그때 어머니와 아버지는 무슨 표정을 짓고 있었을까. 내가 그 자리에 있었다면 어떤 얼굴을 해야 했을까. 올 것이 왔구나? 아니면 화를 냈어야 하나(그런데 무엇에 대해?). 어머니는 어쩌면 이런 진부한 대사를 내뱉었을지도 모르겠다. "애 밥은 다 먹고 가게 해주세요." 물어보지 않아서 형이 아침식사를 마쳤는지 그러지 못했는지는 알 수 없다. 내가 집에 도착했을 때 어머니는 얼이 나간 상태였다. 어머니는 자세한 사정을 들려주기도 전에(아마 그때는 어머니도 무슨 일이 벌어졌는지 제대로 알고 있지 못했을 것이다) 내게 이렇게 말했다.

"경찰 말로는 일단 변호사를 선임해야 한대. 네가 당장 좀 알아 봐줘. 그래도 우리 중에는 네가 제일 낫잖니?"

나는 그 말을 듣고서 지하철을 타고 오면서 느낀 막연한 불안감 의 정체를 확인할 수 있었다. 내가 그토록 애타게 기다려서, 마침내 이룩해낸 나만의 공간 그리고 시간, 나 혼자만의 독립적 삶이 이 일로 한순간에 무너져버릴 것이라는 사실을 무의식중에 깨달았던 것이다. 그러니까 형이 완전히 자유의 몸이 될 때까지 이 사건을 책임지고 해결해야 할 사람은, 다름 아닌 바로 나였다.

나는 하루라도 빨리 모든 일을 마무리하고 싶었다. 그래서 얼른 변호사를 구하기 위해 애를 썼다. 인터넷에서 변호사 사무소를 검 색해보았는데 조악하고 현란한 시각효과로 가득한 홈페이지들만 나왔다. 프로필 사진을 보면 다들 그럴듯하게 생긴 젊은 변호사들 이었고 각종 판례에 대한 글이 올라와 있었다. 하지만 깨알같이 작 은 글씨로 쓰인 그 수많은 승소 결과를 보고도 도무지 누구를 골 라야 할지 알 수가 없었다. 그래서 나는 변호사 사무소가 모여 있 는 서초동에 직접 찾아갔다. 가서 대략적으로 사건에 대해 설명하 면 사무장이 비용을 불렀는데 가는 곳마다 부르는 금액이 천차만 별이었다. 마치 싼 값에 보철치료를 받으려고 치과를 돌아다니는 듯한 기분이었는데 놀라운 것은 변호사를 전혀 만날 수가 없었다 는 사실이다. 정식으로 변호사를 선임하기 전에는 오로지 사무장 을 통해서만 이야기를 할 수 있었고 사무장들은 하나같이 기계적으로 무슨 수제 가구 견적 뽑듯 비용을 나열해댔다. 우선 선입금 얼마, 무죄 판결은 얼마, 집행유예가 나오면 얼마, 실형 몇년 이하면 얼마, 카드로 결제하면 추가 금액이 얼마 하는 식이었다. 그리고 그 금액은 상상을 초월하게 비쌌는데(영문과가 아니라 법대에나 갈 걸 그랬다), 도대체 존경하는 재판장님 앞에서 몇마디 떠들어대는 게 얼마나 힘든 일이라고 그렇게나 많은 돈을 받는지 그때의 나로서는 알 수가 없었다. 우리가 망설이는 모습을 보이면 사무장들은 장담하건대 국선 변호사가 변호를 맡으면 이런 케이스는 최소 집행유예 없이 실형 삼년이라고 말하면서 겁을 줬다. 하지만 우리 변호사님은 실력이 좋아서 이 정도면 무죄 판결이나 적어도 집행유예는 받아낼 수 있을 거라고 단언했다. 이런 사건은 어려운 편이 아니니 걱정하지 말라고도 했다. 어머니와 나는 그 말을 듣고 어느 정도 안심을 했고, 수천만원에 달하는 변호사 선임 비용을 지불했다(그 돈을 마련하기 위해 우리는 살던 집을 팔아야 했다). 그리고 결과적으로 이야기하면 사무장의 말은 절반은 사실이었다. 형은 삼년의 딱 절반인 일년 반 동안 복역하고 출소했다.

나는 서지연의 메일에 답장을 보낼 때 앞에서 말한 모든 사실을 이야기했다. 그때는 누구에게라도 이 일에 대해 말하지 않고는 견딜 수 없을 것 같은 기분이었는데 그녀 외에는 딱히 얘기할 만한 사람이 떠오르지 않았다. 부모님은 자신의 부모 형제들에게도 그 일에 대해 말하지 않았고, 나도 주변 사람들에게 얘기하지 않았다. 그런데 왠지 그녀에게는 말해도 괜찮을 것 같았다. 그래서 나는 그녀에게 길고 긴 답장을 썼다. 나를 둘러싸고 있는 이 모든 재앙에 대해, 지긋지긋한 가족들에 대해, 무죄추정의 원칙을 무시한 채 의뢰인을 죄인 취급하는 재수 없는 사무장들에 대해…… 나는 그녀에게 왜 갑자기 내게 그런 이야기를 해주었는지도 물었다. 나와 사귀는 일년 동안 그런 이야기를 한 적이 없었기 때문이다. 그러나 내가 보낸 메일의 대부분은 그녀의 이야기보다 내 이야기로 가득차 있었다. 나는 대체 왜 이런 재앙을 겪어야 하는지…… 단지 내가 가족이라는 이유로 형이 벌인 '어떤 일'에 대한 책임을 공동으로 짊어져야 하는지…… 아 씨발, 다 집어치우고 이 지구에서 진짜 좀 완벽하게 혼자가 되고 싶다! 뭐 이런 식으로 푸념을 늘어놓은 것이다. 그렇게 메일을 쓰고 나니 그것만으로 한결 기분이 나아졌다. 왠지 누구에게도 말하면 안되는 금기를 누설했을 때의 후련함 같은 기분이 들었달까. 어쩌면 그녀도 그래서 내게 자신의 이야기를 털어놓은 것이 아닐까. 우리는 서로를 이런 식으로 이용하고 있는 건가. 한때는 누구보다 가까웠고 서로에 대해 잘 알지만 앞으로 만날 일은 없는 그런 사람들끼리.

일주일 넘게 학교에 가지 않고 안양에 머물다 신촌 자취방에 돌아왔더니 해결해야 할 일들이 쌓여 있었다. 밀린 과제들, 조별 발표에서 내가 맡은 부분, 미뤄둔 과외수업들, 대출하고는 반납하지 않은 책들…… 읽지도 않을 책을 한도까지 빌린 나는 연체에 대한 댓가로 그 학기가 끝날 때까지 도서관에서 책을 대출할 수 없게 되었고, 매일 목동에 가서 하루 두세집을 돌며 수업을 해야 했으며, 그

와중에 밤을 새워가며 리포트를 작성해야 했다. 나는 학교 수업에는 그다지 큰 관심이 없었고 읽고 싶은 책들이나 실컷 읽고 싶을 뿐이어서 학점이야 어떻게 되든 신경 쓰고 싶지 않았지만 그렇다고 장학금을 놓칠 수는 없었다. 과외를 한다고 해도 벌 수 있는 돈에는 한계가 있었기 때문에 지금의 독립된 생활을 유지하려면 전액 장학금을 받아야 했다. 장학금을 결코 놓치고 싶지 않은 내게 일주일간, 그러니까 수강한 모든 수업을 한번씩 결석한 것은 꽤 치명적이었다. 나는 최대한 성의껏 리포트를 작성했고 각 수업의 강사와 교수들을 찾아가 아버지가 불의의 사고를 당하셨다고(거짓말이었지만) 구구절절 긴 변명을 늘어놓았다. 그런데 생각해보면 꼭 거짓말도 아니었다. 아버지는 사고를 당한 것이 맞고, 그것은 어머니나 나에게도 마찬가지였다. 형의 경우에는…… 잘 모르겠다. 형에게도 그것은 사고였을까? 아니면 그저 벌어진 일, 아니면 저지른 일일 뿐이었을까.

나는 형이 경찰서 유치장에 있을 때는 바쁘다는 평계로 한번도 찾아가지 않았다. 나중에 형이 서울구치소로 이송된 후에야 면회를 갔다. 나는 작은 구멍들이 커다란 원형을 그리고 있는 두꺼운 플라스틱판을 사이에 두고 형을 마주본 채 대화를 위해 수화기를 들었을 때 무슨 말을 꺼내야 할지 알 수가 없었다. 왜 그랬어…… 같은 말은 나오지 않았다. 있을 만해? 진짜 콩밥 나와? 같이 있는 사람들은 어때? 변호사는 만나봤어? 같은 형식적인 소리만 했을 뿐이다. 형은 상황에 어울리지 않게 어딘지 쑥스러워하는 듯한 얼굴이었다. 길거리에서 여자친구와 손을 잡고 걷다가 우연히 나와 마주쳤을 때나 지을 법한 표정 같은…… 그러고는 대학에서 여자친구는 사귀었느냐며 가볍게 웃으면서 농담을 하기도 했다. 안 그래도 평소에 대화를 많이 나누는 편이 아니었던 우리는 몇마디 주고받고 나니 할 말이 떨어졌고 시간이 몇분쯤 지나자 나는 형과 눈을 마주치고 있는 게 고역스러워졌다. 그건 형도 마찬가지였는지 바쁠 텐데 가봐,라는 말을 몇번이고 했다. 우리에게 허락된 면회시간은 오분이었고 형이 그 말을 세번째쯤 했을 때 면회시간이 끝났음을 알리는 날카로운 차임벨 소리가 울렸다. 나는 그래 형, 건강 잘 챙기고, 하고는 거의 도망치듯 면회실을 나왔다.

그 이후로 나는 그곳을 찾지 않았다. 물론 법원에서 열린 공판에는 매번 찾아갔다. 그것은 어머니의 표현에 따르면 우리 가족 중에서 '가장 배운 사람으로서의 의무'였다. 그런데 대체 내가 뭘 배웠단 말인가? 이제 기껏 고등학교를 졸업해 대학에서는 셰익스피어나 찰스 디킨스 같은 작가들의 원서나 떠듬떠듬 읽고 있는 애송이가 법에 대해, 세상에 대해 뭘 알 수 있을까. 어쨌든 아버지는 평소처럼 일을 나갔고 어머니를 데리고 서초동에 가는 것은 내 의무가 되었다.

재판과정은 지지부진했다. 몇시간씩 다른 사람들의 공판을 지켜보며 기다리다가 형의 차례가 오면 긴장된 자세로 앉아 검사와 변호사의 말을 주의 깊게 들었는데 내가 보기에는 몇마디 제대로 나누지도 않고는 다음에 다시 심의하겠다면서 휴정을 하곤 했다. 일심에서 이심으로 넘어가고, 이심에서 삼심으로 넘어가는 데 최소 일주일에서 길면 한달이 걸리기도 했다. 결국 항소를 포함해 최종 선고가 떨어진 것은 삼개월 정도가 지난 후였다. 이후로 형을 제외한 우리 가족은 일상으로 돌아왔다. 하지만 정말 일상으로 돌아온 것은 나뿐인 듯했다. 아버지는 알코올 의존증에 걸렸는지 매일 소주를 마신다는 소식이 들려왔고(물론 어머니를 통해서) 어머니는 불안과 우울 증세로 정신과 치료를 받기 시작했다. 나는 모든 것이 결정되고 나서는 금세 상황을 받아들였고 신촌으로 돌아가 대학생활에 매진했다. 책을 읽고 엠티도 가고 기말고사도 보고…… 가끔 형이 지금 이 순간 뭘 하고 있을까 생각해보기도 했지만 내가 알고 있는 정보가 너무 빈약했기 때문에 제대로 상상해볼 수도 없었다. 내가 읽은 수용소 문학 같지는 않겠지. 신영복의 『감옥으로부터의 사색』이나 읽어볼까 하다가 관뒀다. 그랬다가 왠지 감상에 빠지게 될 것 같았고, 나는 별로 감상에 빠지고 싶지 않았다.

나는 꽤 오랫동안 그 일을 피해왔지만 드디어 해야 할 날이 왔다. 어느날 어머니가 전화를 걸어 형이 나를 좀 보았으면 한다는 말을 전한 것이다. 어느정도는 예상하고 있던 일이었다. 아무리 그래도 형을 전혀 찾아가지 않는다는 것은 상식적으로 말이 되지 않았으니까. 형은 형량이 확정된 후 서울구치소에서 영등포교도소로 이송되어 있었다. 나는 신촌에서 버스를 타고 그곳으로 향했다. 그런데 처음 가는 길이라 한 정거장을 지나쳐서 내리고 말았는데 그 바람에 걷게 된 그 동네는 서울이라고 느껴지지 않을 정도로 적막하고 낙후된 느낌을 주는 곳이었다. 유독 더웠던 날이라 나는 그 한 정거장을 되돌아가는 것만으로도 기력을 다 소진하고 말았다.

면회인 대기실에는 에어컨도 없이 낡고 먼지가 잔뜩 낀 선풍기만 잘잘거리며 돌아가고 있었는데 더위를 식히는 효과는 전혀 없었고 그저 구색을 갖추기 위해 존재하는 듯했다. 면회실의 분위기도 서울구치소와는 사뭇 달랐다. 어딘지 삼엄한 느낌이랄까, 무심한 느낌이랄까. 구치소는 아직 유무죄가 확정되지 않은 사람들이 머무는 곳이라면 교도소는 유죄가 확정된 사람들이 형을 사는 곳이니까 아무래도 그렇겠지. 나는 문득 감방 안에는 선풍기가 있으려나, 하고 생각했다. 아무리 그래도 그 정도는 있지 않을까. 하지만 그래봐야 잘잘거리며 돌아가는 낡은 선풍기겠지. 더위를 식히는 효과는 전혀 없는. 대기실을 지나 면회실로 향하는 길에는 나무가 우거져 있었다. 매미소리가 귀가 따가울 정도로 크게 들려서 서울에서 아주 멀리 떨어진 지방에 와 있는 듯한 기분이 들었다. 생각해보면 그곳은 '일반적인 서울'에서 먼 곳인 것은 분명했다. 보통 사람이라면 평생 올 일이 없는 아주 먼 곳. 나는 면회실 앞 기다란 나무의자에 앉아 내 차례가 되기를 기다렸다.

형의 부탁은 간단한 것이었다. 책을 좀 가져다달라는 것이었다.

"너 책 좀 읽잖아. 읽을 만한 것 좀 골라서 사다줘. 돈은 엄마가 줄 거야."

형은 어딘지 어른스러워진 느낌이었다. 몇달 사이에 몸은 더 단단해진 듯했고 목소리도 낮아진 것 같았다.

"그래? 재미있는 거, 아니면 깊이있는 거?"

내가 묻자 형은 아무거나, 너 읽는 거 있을 거 아냐,라고 대답했다. 나는 처음에는 술술 쉽게 읽히는 대중소설을 가져다줄까 하다가(이를테면 『다빈치 코드』나 『연금술사』 같은 것들……) 그냥 내가 읽은 것으로 갖다주기로 했다. 나는 며칠 후 다시 그곳을 방문해 형에게 『지하생활자의 수기』를 건네주었다.

서지연과는 가끔이지만 끊이지 않고 메일을 주고받았다. 나는 그녀에게 재판과정에 대해 모두 이야기했다. 그녀는 이제 주로 내 이야기에 반응하는 식의 답장을 보냈다. 그러다 한번은 나를 위로해준답시고 그랬는지 자기 가족에 대한 이야기를 또 길게 메일에 써서 보냈는데 그걸 읽어보니 우리 가족은 아무것도 아니었고 오히려 내가 그녀를 위로해줘야 할 판이었다. 그녀가 보내온 메일에는 동생이 죽었다는 사실이 밝혀진 후 그녀의 가족에게 일어난 일에 대해 쓰여 있었다.

그 이후에 그녀의 가족은 원래의 삶을 결코 되찾지 못했다. 서지연의 아버지는 정확히 그 일 때문이었는지는 모르지만 회사를 그만두었고 가족들은 텍사스 주 남부에 있는 휴스턴으로 이사를 갔다고 했다. 휴스턴은 아열대 기후에 강수량이 많아 늘 하늘이 선명하고 황무지라고는 전혀 볼 수 없는 곳이었다. 도심을 벗어나면 황무지가 아니라 옥수수밭이 끝없이 펼쳐져 있었다. 그녀의 아버지가 다니던 석유회사는 그때는 물론이고 지금까지도 미국 최대 규모의 기업 중 하나였기 때문에 그녀의 가족은 퇴직금만으로도 휴스턴에서 어느정도 넉넉한 생활을 할 수 있었던 것 같다. 그런데 서지연의 말에 따르면 그곳으로 이사하면서부터 부모의 행동이 이상했다고 한다. 이사할 때 서지연의 모든 물건과 사진들, 그리고 옷가지들을 전부 버리고 모조리 새 걸로 사주었다는 것이다. 그리고 아예 '그 일'이 일어나지 않은 것처럼, 아니, 애초에 서지연(그러니까 죽은 진짜 서지연을 말하는 것이다)이 존재하지 않았던 것처럼 행동했단다. 그래서 그녀도 원래부터 쌍둥이 자매가 없었던 것처럼 행동하는 데 익숙해졌다고 했다. 그러나 그녀는 종종 부모님이 자신이 잠들었다고 믿고 있을 때 목소리를 낮춰 말다툼을 하며 주연이라는 이름을 입에 올리는 것을 들었고, 그때마다 그녀는 자기에게 동생이 있었다는 사실이 자신만의 상상이 아니었다는 사실에 오히려 안도감을 느꼈다고 했다. 그런데 몇년 후, 그러니까 서지연이 초등학교 사학년쯤 되었을 때 아버지는 휴스턴 외곽의 한 모텔에서 권총으로 자신의 입안을 쏘아 자살했다고 한다. "입안을 쏘는 방식의 권총 자살은 의외로 실패할 가능성이 높대. 그런데 아빠는 한번에 성공했어. 생각해보면 아빠는 늘 그런 식이었던 것 같아. 실수라는 걸 하는 법이 없었지." 그녀는 이렇게 적었다. 그녀는 아버지가 왜 그런 극단적인 선택을 했는지 여전히 알 수가 없다고 했다. 그것도 동생이 죽은 지 몇년 후에야, 그리고 자신과 어머니를 남겨두고. 그녀는 아버지에 대한 이야기를 마친 뒤 메일의 말미에 이렇게 덧붙였다. "그런데 재미있는 게 뭔지 알아? 엄마와 나는 얼마 후에 아빠의 물건을 모조리 버리고 마치 그런 사람이 원래 없었던 것처럼 살았다는 거야. 참 이상하지 않니?"

나는 어쩌면 그녀가 거짓말을 하고 있는 게 아닌가 하는 생각을 했다. 그 모든 것이 진실이라고 하기에는 너무나 파란만장했기 때문이다. 그녀의 이야기에 비하면 우리 가족에게 일어난 일은 정말이지 지극히 평범하게 느껴지기까지 했다. 나는 그래서 이번에도 한참 동안 답장을 보내지 못했다. 도무지 뭐라고 써야 할지 알 수 없었던 것이다.

나는 여름방학 동안 형을 자주 찾아갔다. 형은 『지하생활자의 수기』를 재미있게 읽었다며 이것과 비슷한 것이 있으면 넣어달라고 했다. 그래서 나는 형에게 나와 서지연이 읽은 '지하생활자의 수기'형 소설들을 차례차례 건네주었다. 『외로운 남자』나 『우아하고 감상적인 일본 야구』 같은 책들(제목 때문에 차마 『인간 실격』은 넣어주지 못했다). 형은 어떤 것은 재미있어했고 어떤 것은 지루하다고 했지만 대체로 마음에 들어했다. 나는 잠시 고민하긴 했지만 내가 좋아하는 '수용소 문학'도 넣어주었다. 『이것이 인간인가』와 『숨그네』, 『쥐』나 『모래의 여자』 같은 것들. 다행히 형은 수용소 문학을 특히 재미있게 읽었다고 했다. 읽은 책에 대한 이야기를 나누다보면 어느새 면회시간이 끝나 있었기 때문에 그 시간이 그렇게 길게 느껴지지 않아서 다행이었다.

나는 형에게 주로 언제 책을 읽느냐고 물었다. 형은 아침 일찍 일어나 교도소 인근의 지정 공장에 가서 일을 하고(다행히도 적긴 하지만 출소할 때 시급을 계산해서 노동에 대한 댓가를 돌려준다고 했다), 운동시간에는 운동을 하고, 책은 주말의 자유시간에 주로 읽는다고 했다. 잠이 안 올 때는 거의 없지만 혹시 그런 날이 찾아오면 밤에 읽을 때도 있다고 했다. 책 좀 읽으려고 하면 잠이 오더라고, 하고 형은 웃으며 말했다. 나는 거기에도 스탠드 같은 게 있어?라고 물었는데, 형은 거기서는 밤에도 방의 불을 끄지 않는다고 대답했다. 한밤중, 그러니까 모두들 자는 시간에도 보안을 위해서 늘 형광등을 켜놓는단다. 그러니까 형은 이곳에 온 뒤 반년이 넘도록 불을 끈 채 잠을 잔 적이 없었던 것이다. 형은 교도소 생활에 대해 나중에도 자세히 이야기해주지 않았지만 나는 지금도 종종 떠올리곤 한다. 불이 꺼지지 않는 방에서 고단한 몸을 누이는 사람들에 대해. 형은 "그래도 수용소보다는 나아. 『이것이 인간인가』? 와, 나 그거 읽고 유태인 아니어서 존나 다행이다 싶었잖아"라고 웃으며 말했다.

여름방학이 끝날 무렵 서지연에게 문자메시지가 오고 나서야 나는 내가 그녀의 메일에 답장을 보내지 않았다는 사실을 깨달았다. 나는 미안하다고 연신 사과를 했고 그녀는 괜찮다고 했다. 그녀는 부탁이 있어서 연락했다고 말했다. "어딜 좀 같이 가줬으면 해." 그녀는 그렇게 말했는데 그곳이 어디냐면 병원이었다. 거기에 그녀의 어머니가 있다고 했다. 그녀는 엄마에게 그 말을 할 생각인데, 누가 같이 있는 편이 좋을 것 같다는 것이었다. "알잖아, 나 친구 없는 거." '그 말'이 무엇인지는 굳이 듣지 않아도 알 수 있었다. 나는 잠시 고민했지만 그러기로 했다. 이야기로만 들었던 서지연의 어머니를 한번 직접 보고 싶다는 생각도 있었고, 그 말을 들었을 때의 반응이 궁금하기도 했다.

그녀의 어머니는 암병동에 있었다. 지하철을 타고 가는 길에 그녀가 설명을 해주었는데 어머니는 대장암에 걸렸고 의사 말로는 너무 늦게 발견해서 이제 살 날이 얼마 남지 않았다는 것이었다. 그녀는 내게 주의를 줬다. "엄마 상태가 많이 안 좋아. 이상한 소리를 해도 놀라지 마." 나는 알았다고 했다.

그녀의 어머니는 모자를 쓰고 있었는데 내가 단단히 마음을 먹은 만큼 상태가 안 좋지는 않았다. 내게 지연이 남자친구냐면서 언뜻 미소로 보이는 표정을 띤 채 말을 건네기도 했다. 그녀는 머리칼이 다 빠진 머리에 모자를 쓰고 있었고 마치 한참을 자다가 막 일어난 사람처럼(정말로 그랬을지도 모르고) 아주 천천히 움직이며 바람이 다 빠진 듯한 힘없는 목소리로 말했다. 서지연은 어머니에게 상태가 어떤지, 밥은 먹었는지 몇마디 물어보고는 오늘은 중요한 할 말이 있다고 이야기를 꺼냈다. 그녀의 어머니는 입을 열기가 힘겨운지 고갯짓으로 그녀에게 말하라는 신호를 보냈다.

"엄마, 나 사실 지연이 아니야, 주연이야."

나는 힘없이 누워 있는 서지연의 어머니의 얼굴을 살폈다. 그녀는 아무 말도 하지 않았고 표정에도 그다지 변화가 없었다. 서지연은 말을 이었다.

"나 지연이 아니라고. 주연이라고."

그래도 지연의 어머니는 아무 말도 하지 않았다. 서지연은 잠시 기다리다가 쏟아내듯 말했다.

"일부러 그런 건 아니야. 어쩌다보니 그렇게 됐어. 지연이가 사라진 그날 엄마가 나한테 먼저 물어봤잖아. 주연이는 어디 갔느냐고. 어쩌다보니 그렇게 된 거야. 다시 말할 틈이 없었어. 거기에서, 황무지에서 죽은 건 내가 아니고 지연이야."

서지연은 거기까지 말하고 말을 멈췄다. 그러고는 어머니의 반응을 기다렸다. 그녀는 멍한 얼굴로 허공을 바라보고 있었다. 그러고는 한참 동안 아무 말도 하지 않았다. 창밖에서 매미 우는 소리가 약하게 들려오고, 맥박이 뛰고 있음을 알리는 삑삑거리는 기계음과 병실 밖에서 바퀴 달린 침대를 끌며 천천히 걷는 발걸음 소리가 들려오…… 그 어수선한 적막 속에서 한참 동안 누구도 말을 하지 않았다. 그러다 서지연의 어머니의 표정이 천천히 바뀌었다. 그녀는 잠시 후 놀랍게도 순진무구한 아기 같은 얼굴을 했다. 그녀의 눈은 기이한 빛으로 반짝였다. 그러고는 천천히 입을 열었다. 그녀는 바람이 다 빠진 폐를 쥐어짜서 말하는 듯 아주 작은 목소리로 말했다. 그 목소리는 너무 작아서 주의 깊게 귀를 기울여야 겨우 알아들을 수 있었다. 그녀는 이렇게 말했다.

"주연아…… 네가 무슨 소리를 하는지…… 하나도 모르겠구나. 지연이가…… 도대체 누구니?"

나는 그날 이후로 서지연을 한번도 만나지 않았다. 오랫동안 메일도 오지 않았다. 그러다가 그녀의 메일을 받은 것은 다음 해 여름이었다. 그 메일에는 다음과 같은 말들이 쓰여 있었다. 그녀의 어머니는 우리가 찾아간 날로부터 두달쯤 뒤에 죽었다고 한다. "너한 테 연락을 할까도 했는데 그냥 관뒀어. 어차피 장례식장에 나도 전 혀 모르는 친척들밖에 없었거든." 그녀는 별일 없이 대학을 무사히 졸업했고 곧 미국으로 유학을 떠나게 되었다고 했다. 그녀는 사실 유학은 핑계고 그냥 미국에 가고 싶어서,라고 말했다. 미국에 가서 차를 한대 산 뒤에 옥수수밭이 아닌 황무지를, 지평선에 닿을 때까 지 달려볼 계획이라고 했다. 나를 언제 볼지 모르겠지만 그래도 자 신이 진짜 누구인지 나라도 알고 있어서 조금은 위안이 된다고, 고 맙다고도 했다. "이제 나한테는 정말 아무도 없거든. 어린 시절부 터 미국에 살아서 친척들하고도 전혀 모르고 지냈고. 그리고 알잖 아, 나 친구도 없는 거." 나는 그녀의 메일을 받고 나서 생각했다. 그녀는 내가 원한 것을 가진 셈이었다. 가족들로부터의 완전한 독 립, 완벽한 해방. 이는 그녀가 겪은 여러차례의 비극을 통해 얻은 것이긴 했지만…… 그녀의 가족은 하나하나 사라져갔고, 결국 그 녀는 이 세상에 오로지 그녀 홀로 존재하게 된 것이다.

서지연의 메일을 받고 얼마 후 형이 출소했다. 8월 15일, 더위가 막바지 기승을 부리고 있을 때 우리 가족은 차를 몰고 함께 영등포 교도소로 향했다. 아버지는 차에 에어컨을 최대한 세게 틀어놓은 채 정문 앞에서 형이 나오기를 기다렸다. 나는 마트에서 파는 떠먹 는 두부를 사자고 했는데 어머니는 그래도 전통이라는 게 있다며 시장에서 막 쑤어낸 커다란 두부 한모를 사서 검은 비닐봉지에 담 아왔다. 차를 세운 뒤 한참을 기다리고 나서야 형이 나왔다. 광복절 특별사면을 받은 수감자가 꽤 많은 모양이었다. 차례차례 사람들이 나오기 시작했는데 형은 거의 마지막으로 나왔고, 형이 나왔을 때에는 두부가 다 식어 있었다. 형은 어머니가 입에 넣어준 두부를 한입 베어물었는데 어머니는 굳이 그 한모를 다 먹이려 들었다.

"너 또 들어가려고 그러니? 이거 다 먹어야 다시 안 들어간다."

형은 서너입 더 먹긴 했지만 한모를 다 먹지는 못했다. 아버지는 형에게 그간 고생했다며, 먹고 싶은 거 있냐고, 뭐든 다 사주겠다고 했다. 형은 그냥 집에 가고 싶다고 말했다. 하지만 형이 교도소에 있는 동안 부모님은 이사를 했기 때문에 형에게는 집도 예전의 집이 아닌, 낯선 장소일 것이었다. 나는 형의 기분을 짐작할 수도 없었다. 형의 표정은 기묘했다.

모두 함께 차를 타고 집으로 향하는 길에서는 아무도 입을 열지 않았다. 그런데 이십분쯤 지났을까, 형이 다급하게 차를 세워달라고 했다. 아버지가 갓길에 차를 대자 형은 차에서 내려 구토를 했다. 나는 형의 등을 두드려주었고, 아버지는 운전석에 앉아서, 어머니는 우리와 적당히 거리를 두고 선 채 한참 동안 구토를 하고 있는 형을 바라보았다. 나는 괜찮냐고 물으며 계속 형의 등을 두드렸다. 형은 너무 오랜만에 차를 타서 그런 것 같다고 했다. 아침도 먹지 않았는지 소화되다 만 두부 말고는 나오는 것도 없었는데 형은 좀처럼 구토를 멈추지 않았다. 형은 땀을 흘리며 계속해서 마른 구역질을 했고, 나도 조금씩 땀이 나기 시작했다. 차들이 먼지를 일으키며 우리 곁을 빠르게 지나쳐갔고 햇볕은 우리의 머리 위에서

따갑게 내리쬐고 있었다. 우리는 형이 속에 있는 모든 것을 비워낼 때까지 아무 말도 하지 않은 채 햇볕 아래, 끓어오르는 길 위에 서서 형을 바라보고 서 있었다.

이대로냐, 아니냐*

송종원

삶에 붙잡혀 있는 사람들

『애호가들』에서 헤어진 연인은 꼭 한번은 다시 만난다. '헤어진 연인이 다시 만난다'는 상황은 무언가 특별한 사건의 조건으로 기능하길 기대하게 하지만 이상하게도 정영수의 소설에는 그런 게 없다. 애초부터 그들의 만남은 특별한 계기나 의미없이 시작되고 헤어짐 또한 어쩌다보니 발생한 일에 가깝다. 그러니까 연인들은 만나나 헤어지나 별다른 변화가 없는 것이다. 변화가 있다면 그들이 다시 만난 일 또한 특별한 일이 아니라는 것을 재차 확인하는

---

* "To be, or not to be", 『햄릿』(설준규 옮김, 창비 2016)의 번역을 따랐다.

정도일 뿐. 한마디로 정영수의 소설은 무정하고 공허하다. 무정한 반복, 공허함의 기운, 그리고 매사에 심드렁하고 미적지근한 분위기가 지속되는 삶의 공기는 정영수 소설의 디폴트 값에 가깝다.

그렇다고 해서 정영수의 소설에 아무 일도 일어나지 않고 아무 행위도 발생하지 않는다고는 말할 수 없다. 여기 등장하는 인물들만큼 확실히 삶에 붙들린 존재들 또한 드물기 때문이다. 가령 자신이 무슨 일을 행하는지도 정확히 이해하지 못한 채 남이 부탁한 시체를 처리하는 일에 열중하는 인물(「레바논의 밤」), 우연한 사고로 자신의 정체성에 대한 비밀을 간직하고 사는 사람(「지평선에 닿기」), 또 정확한 병명이 없는 정신병을 앓으며 현재에 갇혀버린 기분에 빠져 있는 인물(「하나의 미래」)까지, 조금은 미친 것처럼 보이는 이 인물들의 이야기는 그것이 행위이든 사건이든 간에 늘 강렬한 무언가를 동반한다.

삶에 붙들려 있다고 말했거니와 실제로 정영수의 소설 속 인물들은 하나같이 살아 있다는 것 자체를 곤혹스럽게 여긴다. 우리의 삶은 대체로 개개인마다의 특별한 어려움을 내장하고 있으므로 삶의 곤경과 고난은 특별한 사람들만 겪는 일은 아닐 것이다. 하지만 정영수 소설의 인물들처럼 삶을 통째로 견뎌내는 듯한 감각은 특별하다. 그들은 자신이 소속된 세계와 관련한 증상을 심각하게 앓고 있는 것은 아닐까.

오하나는 사람들이 미치지 않고 이토록 긴 삶과 반복되는 매일을 견뎌내는 것이 너무나 놀랍다고 했다. 자신은 이제 겨우 열여덟살이지만 이미 백년은 산 것 같다는 것이다. 그녀는 끝없이 이어지는 하루하루가 지긋지긋하다고 했다. 아무리 해도 미래는 다가오지 않고 영원히 현재에만 머물러 있는 것 같다고.(72면)

나는 경험을 통해 지루함이 사람을 죽일 수도 있다는 사실을 알게 되었다. 이 말은 결코 과장이 아니다. 외할아버지의 부고를 들었을 때 나는 사방이 꽉 막힌 작업공간에서 지루한 노동을 반복하며 하루의 대부분을 보내고 있었다. 그 시기에 나는 매 작품마다 수많은 사람들이 잔혹하게 살해당하는 그리스비극을 머릿속으로 암송하며 매일매일 끊어질 듯한 숨을 연장하고 있었다. 아마 그렇게 하지 않았더라면 나는 지루함이라는 괴물에 잡아먹혔을 것이다. 잘근잘근 씹히고, 짓이겨지고, 꿀꺽 삼켜지고…… 아니, 나는 사실 매일 죽었다.(126면)

인용한 부분에서 드러난 삶에 대한 감각은 이 소설집에 나오는 모든 인물이 공통적으로 가지고 있다고 말할 수 있다. 삶은 기나긴 지루함에 포섭되어 있으며, 겨우 삶을 연명하는 인물들은 거의 매일 자신이 죽어가고 있음을 감지한다. 자신의 존재를 우발적으로 발생한 물질 덩어리의 현존처럼 여기는 이들이기에 나이 듦과 죽음의 감각이 예민한 것은 당연하다. 삶의 활기보다는 무력함을 자주 느끼는 이 사태는 누구나 대면하기를 꺼려하는 성질의 것이다.

그러므로 이러한 사태에 놓인 인물은 무언가를 바꾸어야 한다. 현실에 맞추어 자신을 바꾸거나, 자신이 꿈꾸는 모습에 비추어 현실을 바꾸거나. 쉽게 떠오르는 서사는 상황에 반전을 만들기 위해서 인물들이 적극성을 띤 어떤 행동을 취해 세계 또는 부조리한 삶과 갈등을 일으키게 하는 것이다.

하지만 정영수의 소설은 그와 다른 방식의 길을 낸다. 우리가 대면한 지루하고 넌덜머리 나는 세계에도 무언가 숨어 있는 삶의 의미가 있다는 식의 태도를 최대한 멀리 한 채, 『애호가들』에서의 인물과 사건은 삶의 무미건조함과 지긋지긋함을 반전시키기보다 반사시킨다. 가령 주변 인물의 죽음이나 급격한 존재론적 떨림을 경험하는 것과 같이 반전의 조건으로서의 사건이 전혀 없다고는 말할 수 없음에도 불구하고 그 사건들을 별 것 아닌 것으로, 혹은 특정 구조의 반복적인 결과물로 서사화하는 데 정영수는 탁월하다.

지긋지긋한 세계는 얼마나 구조적인가

「지평선에 닿기」에서 지연은 우연한 사고를 계기로 쌍둥이 동생의 삶을 대신 살게 되었다는 이야기를 친구인 '나'에게 비밀스럽게 건넨다. 그런데 이 충격적인 비밀을 전해들은 주인공 '나'의 반응 또한 묘하게 충격적인 여운을 준다.

나는 그 이야기가 정말로 이상하다고 생각했다. 어떻게 보면 굉장히 중요한 문제 같기도 했고 어떻게 보면 아무것도 아닌 일처럼 느껴지기도 했다. 어쨌거나 나는 그 이야기를 하필 지금, 내게, 왜 하는지를 이해할 수 없었다. 그리고 내가 그 이야기를 듣고 무슨 이야기를 해줘야 하는지도 알 수가 없었다.(187~188면)

하나의 이야기마다 상식적으로 들러붙는 감정선이라는 게 있을 것이다. 우연한 사건으로 인해 자신의 정체성을 잃고 살아가게 된 인물의 이야기를 들었을 때 통용되는 감정적인 대응은 이야기를 전한 상대에게 위로를 수행하는 일이지 않을까. 그는 자기 자신이라는 중요한 대상을 상실한 것이니 말이다. 그러므로 어쩌다 그런 비극적인 일이 생겼는지를 함께 안타까워해주고, 그 일로 인해 이야기의 화자가 입게 된 상처를 보듬어주는 일이야말로 상식적인 감정 소통에 가깝다. 그런데 정영수의 소설 속 인물들은 이런 소통에 미숙하다. 당연히 저 미숙함을 도덕적으로 단죄하는 일을 중요하지 않다. 그런 태도는 소설을 그다지 생산적으로 읽는 방법이 아니며, 중요한 건 통용되는 감정선을 따라가지 않음으로써 정영수의 소설에 어떤 서사가 가능해졌느냐이다. 상식적인 감정선을 따라 소설의 서사를 만드는 일을 피하면서 정영수의 소설은 우리가 억압해둔 표상들의 고리를 꼼꼼히 들여다본다.

누군가가 자신의 정체를 잃는 일은 그에게든, 그 이야기를 전해 들은 이에게든 굉장히 중요한 일이라고 여겨야 하는가. 만약 그것이 아주 심각한 종류의 일이라면 그 일은 왜 하필 나를 향해 발신된 것일까. 이처럼 우리에게 억압된 생각들을 늘어놓다보면 신기하게도 어느 순간 일어난 사건과 그것을 인지하는 주체 사이에 거리가 생기고, 그 거리로부터 구조를 바라보는 시선이 발생한다. 그리고 결정적으로 특별하다고 여긴 사건의 유일무이함에 대해서 의심이 들기 시작한다. 아주 이상하게 들리는 지연의 비밀을 조금만 추상화하면 실은 그 일이 오래전부터 우리가 사는 곳에서 비일비재하게 반복되는 일과 닮아 있다는 것을 쉽게 알아차릴 수 있다. 자신에게 부여된 진짜 이름을 잃고 자신의 진짜 정체성마저도 잃어가는 일, 그리고 그 누군가의 심각한 비밀을 우연히 듣게 됨으로써 혼돈에 빠지는 일. 이런 에피소드에는 확실히 신화적인 면이 있다.

　그러니까 「특히나 영원에 가까운 것들」의 말을 빌려와 말하자면, 그와 같은 서사의 노선은 '삶을 잘근잘근 씹고, 짓이기고, 토해내려는' 전략에 가깝다. 삶이라는 괴물에 사로잡히는 게 아니라 삶이라는 괴물을 사로잡기 위한 전략인 셈이다. 그러고 보면 『애호가들』에 실린 단편들에서 '곤혹스럽다' '지긋지긋하다' '도무지 알 수 없다' 등의 서술어를 마주하는 순간 세계에 대한 강렬한 적의를 떠올리게 되는 건 어쩌면 당연한 인상일 수도 있겠다. 「애호가들」은 정영수가 세계를 잘근잘근 씹어대는 이야기의 대표작으로 꼽을 수 있다. 이 작품은 학계와 번역계의 납득하기 힘든 시스템을 일상으로 체험하면서 대학 강사와 번역을 겸하며 살아가는 인물의 이야기이다. 그런데 이 요약을 주인공이 겪은 억울하고도 불합리한 이야기 정도로 생각하면 큰 오산이다. 주인공은 시스템의 피해자로 한번 등장한 이후 곧바로 그 시스템의 가해자가 되어 자신이 받은 수모를 특정 피해자에게 쏟아붓는다. 다시 말해 이 소설에서 오영한과 '나'(피해자)의 관계는 '나'(가해자)와 조현수의 관계로 이동해서 유사하게 반복된다. 비판하는 대상과 연루된 비판적 주체의 이야기는 익숙하다. 하지만 이는 「애호가들」이 단순히 풍자적인 구성을 하고 있다는 말과는 다르다. 어쩌면 정영수는 풍자조차 별 의미없는 일로 여길지도 모른다. 그는 다른 것을 욕망하기 때문이다.

정영수는 세계를 비판하던 시선의 방향을 비판의 대상으로부터 비판하던 주체로 되돌리고 그를 비판의 대상인 세계 속으로 옮겨놓았다. 이는 독자들로 하여금 풍자의 시선을 체험하게 하는 것을 넘어서 풍자된 세계 자체를 체험하게 한다. 이처럼 비판의 대상과 자신을 분리시켰다가 일순간 그 둘의 공공연한 연루를 노출하는 방식의 서사는 독특한 리듬감을 낳는다. 이 리듬은 연속성의 차원에서 바라볼 필요가 있다. 비극의 연속성, 그러니까 우발적인 지긋지긋함의 세계가 아니라 구조적인 지긋지긋함의 세계 말이다. 우발이 아니라 구조라니! 지긋지긋함에 대한 이보다 더 완벽한 구현이 가능할까. 정영수의 소설은 세계가 왜 이 따위로 엉망인지에 대해 그럴 듯한 답을 구하는 서사를 쓰지 않는 대신에 엉망인 세계를 구조적인 모형으로 덩어리째 토해놓는 독특함을 지니고 있다.

사람들은 어떻게 이 지긋지긋한 세상에서 미치지 않는 걸까

정영수의 소설이 품고 있는 또 하나의 질문은 '사람들은 어떻게 이 지긋지긋한 세상에서 미치지 않고 살아가는 것일까'이다. 어찌보면 답은 간단하다. 지긋지긋한 세상과 미친 사람들이라는 결합항 사이에 균열이 있기 때문이다. 정영수의 소설에는 세상을 지긋지긋하게만 만들지 않게 하는, 또한 사람들이 미치는 상태로 기울어지지 않게 하는 어떤 점이지대가 있다. 그리고 그곳에는 살아 있는 주검들이 거주한다. 왜 살아 있는 주검인가. 버젓이 존재하지만 특정한 의미체계로 공고화된 사회에서는 그것을 없는 것으로 타자화하기 때문이다.

책장을 넘기다보면 언젠가 그 너머에 있는 무언가를 발견할수 있을 거라고 생각한 것은 사실이다. 공부를 계속한 것도 그런 이유에서였다. 하지만 정작 책장 뒤에서 모습을 드러낸 것을 보았을 때 나는 깜짝 놀랄 수밖에 없었다. 한편으로 생각해보면 이상한 일이 아닐지도 몰랐다. 언제나 그뒤엔 죽은 것들이 있었으니까. 살아 있는 것들은 바깥에 있고 이 안에는 늘 죽은 것들이 있었다.(13~14면)

「레바논의 밤」에는 두종류의 시체가 등장한다. 하나는 장이 도서관에 놓고 간, 주인공 '나'가 숨기려고 하는 시체고, 다른 하나는 비유로서 '나'가 도서관에서 바라보는 책들이다. 다른 종류처럼 보이지만 기능상으로 보면 꼭 그렇지만도 않다. 저 두 시체 모두 주인공에게 무언가를 발견하게 하기 때문이다. 물론 인물의 말을 곧이곧대로 믿는다면 별다른 걸 발견하지 못했다고 봐야 한다. 장이 시체를 놓고 가버렸기 때문에 '나'는 마치 신탁을 받은 사람처럼 시체를 숨기는 장의 일을 대신 처리하는데, 그 과정에서 발견한 것은 자신의 행위에 대한 아무런 이해를 갖추지 못했다는 '나'의 깨달음뿐이다.

인물이 별다른 것을 발견할 것이냐, 또는 그러지 못하게 할 것이냐를 선택하는 길목에 이르렀을 때, 작가는 분명 깊게 고민했으리라. 그리고 그는 그 길목에 무지와 무의미를 놓았다. 그러자 소설에는 특별한 이득이 생긴다. 무지와 무의미의 공간이 열리기 때문이다. 지(知)와 의미로 포섭하기 힘든 존재들이 거주하는 현실과의 접이지대가 열렸다고도 말할 수 있다. 이곳에서는 미친 사람도 미친 사람으로만 취급받지 않고, 지긋지긋한 세상도 지긋지긋하기만 한 세상이 아닌 게 된다.

나는 희곡을 많이 읽어보지는 않았지만 어쩌면 모든 희곡에는 미친 사람이 등장하지 않을까, 아니면 사실 모든 문학 작품에는 미친 사람이 등장하는 것이 아닐까, 하고 말했다. 그녀는 그럴지도 모르겠다고 고개를 끄덕였다. 오하나는 사람들이 미치지 않

고 이토록 긴 삶과 반복되는 매일을 견뎌내는 것이 너무나 놀랍다고 했다.(72면)

희곡에 등장하는 저 미친 사람들도 일종의 죽지 않는 주검들이다. 그들은 책의 안쪽에 있지만 그 안쪽은 이 세계의 바깥이기도 하다. 문학작품인 정영수의 소설 역시 다양한 주검들을 세계의 안쪽과 바깥의 경계에서 출현시킨다. 가령 「여름의 궤적」에서 주인공이 마주한 인드리코테리움의 거대한 이미지, 「북방계 호랑이의 행동반경」에 등장하는 로스토프 역시 일종의 주검들이다. 그것들은 서술자의 시선에서도 아직 투명하게 의미를 부여받은 대상들이 아니지만 소설 속 인물들의 삶을 추동하며 지긋지긋한 삶에 균열을 내는 강력한 동력인 점은 분명하다.

소설의 주인공들이 주검들에 예민한 이유는 그들이 현실세계가 분절시켜놓은 의미체계 안에 편입되어 그곳에 파묻힌 자들이 아니기 때문이다. 지긋지긋한 세계가 수많은 사람들이 똑같은 방식으로 묻혀 있는 거대한 공동묘지와 같다면, 『애호가들』의 인물들은 그 공동묘지와 같은 현실만이 유일하다고 인정하지 않는다. 그렇기 때문에 그들은 끊임없이 '잘은 모르겠지만 이렇게 하지 않으면 안된다'는 식의 감각에 휩싸여 어떤 행동을 펼친다. 이 행동들은 다소 평범해 보이지 않을 수도 있다. 누군가는 그들의 행위를 광인의 것처럼 여길 수도 있다. 하지만 그 기이한 행동들은 통합된 현실의 질서로부터 거리를 둔, 독자적인 영혼이 삶을 살아가는 방식에 가깝다는 점을 우리는 따로 기억해둘 필요가 있다. 정영수의 소설에 복수적이고 다층적인 현실의 구현이 가능했던 일 또한 저 독자적인 영혼의 삶들 때문이었다는 사실도 잊어서는 안된다.

구원은 가능한가

심한 욕지기가 나를 휘어잡는다. 여기서 나는 무엇을 하고 있나? 왜 나는 휴머니즘에 대한 토론에 휩쓸려들었을까? 왜 사람들은 여기에 있나? 왜 그들은 먹나? 그들은 사실상 자기들이 존재한다는 것을 모르고 있다. 나는 떠나가고 싶다. 어디론지 정말 '나의 자리'라고 할 수 있는 그속에 나를 집어넣을 수 있는 그런 곳으로 가고 싶다…… 그러나 내 자리는 아무데도 없다. 나는 여분의 존재이다.

인용한 구절은 정영수의 어느 단편에 등장하는 구절일까. 정영수의 소설 어디에도 어울릴 만한 저 구절은 사실 정영수의 문장이 아니라 사르트르의 「구토」를 번역한 일부분이다(방곤 옮김, 문예출판사 1999, 228면). 자신이 필연성을 지닌 존재가 아니라 우발적으로 현존하는 물질 덩어리에 가깝다는 인식은 사르트르와 정영수가 공유하는 지점이다. 그렇기 때문에 두사람 모두 매 순간 자신의 존재 이유와 상황에 대한 판단을 낯설게 되묻을 수밖에 없다. 그렇다고 해서 정영수의 소설이 인간의 실존에 대한 판단과 해석으로만 채워진 것은 아니다. 소설 속 인물들은 자기가 존재한다는 것을 모르지 않는다. 단지 자신의 존재감을 자주 느끼지 못할 뿐이다. 반복되는 서사의 리듬을 중단시키는 돌연한 이미지를 통해 우리 자신의 모습을 불현듯 솟구치게 하는 장면은 『애호가들』 곳곳에 숨겨져 있다.

그것은 실로 경이로운 광경이었다. 나는 마치 환각에 빠진 것처럼 압도적으로 거대한 그 동물 무리가 초원을 거니는 모습을 보았고, 땅에서 울려오는 진동을 느꼈으며, 그들의 울음소리를 들었다. 그것은 지나치게 낯선 광경이었다. 도무지 이 세계의 풍경이라는 생각이 들지 않았다. 지금까지 영화나 애니메이션 혹은 그림을 통해 수없이 보아온 공룡과는 다르게 이 생물은 존재했다는 사실만으로도 나를 전율케 했다. 어떤 불가해한 것을 마주한 듯한, 내가 알고 있던 세계가 통째로 뒤흔들려버린 듯한 기분이었다. 나는 이 생물에 대해, 그리고 내가 전혀 알지 못하고 있던 세계에 더 알고 싶다는 열망에 타올랐다.(104~105면)

인용한 구절은 기대도 없이 가벼운 마음으로 입장한 자연사박물관에서 인드리코테리움을 마주한 주인공이 읊조린 심정의 묘사이다. 의미의 두께를 잃은 얄팍한 일상 속에서 벗어나 존재의 전율을 감지하는 이 순간은 잿빛의 반복된 일상이 주도하는 정영수의 소설에 일순간 찾아드는 푸른 빛이 아닐 수 없다. 「여름의 궤적」에 등장하는 이러한 조우의 묘사는 각별한 데가 있다. 지상으로부터 살짝 떠올라 있는 듯한 고양감이 느껴지는 조우는 정영수의 소설에서 드물다. 물론 이 고양감은 소설의 끝부분에서 다시 서서히 냉각된다. 그런데 어떻게 이런 만남이 가능했던 것일까. 인드리코테리움이 존재했다는 사실만으로 전율을 불러일으키는 압도적인 모습을 하고 있기 때문일까. 아니면 그것이 지금은 없는 것이기 때문에 더 강렬한 열망을 갖게 된 것일까.

인드리코테리움이 압도적인 모양새를 띤데다, 또 지금은 존재하지 않기에 더 강렬하게 상상을 자극했을 가능성은 분명 농후하다. 이외의 어떤 합리적인 이유를 덧붙이는 것도 가능하리라. 하지만 그보다 먼저 이야기하고 싶은 건 소설의 주인공이 인드리코테리움을 만나러 갔기 때문에 이 조우가 가능했다는 사실이다. 이 단순한 사실이 정영수의 소설을 이해하는 데는 의외로 중요하다. 그러고 보면 정영수 소설 속 인물들은 관계를 포함한 세상 전체를 지긋지긋하다고 토로하면서도 끊임없이 누군가를 만난다. 만남의 끝에 어떤 끔찍한 결과가 자리하고 있을지도 모르는 상태지만 그들은 운명처럼 만남의 장소로 발을 옮긴다.

누군가를 만나러 가는 이야기라면 「특히나 영원에 가까운 것들」을 빼놓을 수 없다. 이 소설의 주인공 '나'는 미치지 않기 위해 미치광이가 등장하는 비극들을 암송하는 버릇이 있는데, 어느날 그가 암송하는 비극들의 번역자가 동일한 인물임을 확인하고는 그를 만나러 간다. 그를 만나러 가려는 '나'의 욕망은 이런 것이었다.

> 나는 그와 이야기를 나눠보고 싶었다. 그에게 정확히 무엇을 물어보고 싶었는지는 알 수 없었으나 그 오랜 시간 동안 삶이라는 것을 견뎌내온 이의 이야기가 듣고 싶었던 듯하다.(146면)

그래서 결국 그는 번역자 우정희를 만나 원하던 이야기를 듣게 되었던가. 정영수의 소설을 읽어온 사람이라면 답을 예상하는 일은 어렵지 않다. 답은 아닌 동시에 맞다. 우정희라는 인물은 당연하게도 인생을 견디는 법 따위는 주인공에게 알려주지 않는다. 그는 그저 아무것도 안할 수 없기 때문에 자신의 일을 계속하고 있다고 답할 뿐이다. 그런데 이 답을 듣고 온 뒤, 주인공은 미치지 않기 위해 비극을 암송하는 일을 더이상 할 수 없게 된다. 그리고 비극이 외워지지 않자 그는 그 시간들을 고스란히 견뎌야 할 시간으로 돌려받는다. 오랫동안 삶의 견뎌온 자의 이야기를 듣고 싶어했던 인물이 오랫동안 삶을 견뎌야 하는 자의 인생을 살게 된 것이다.

애초의 욕망을 실현하기 위해 이제 남은 일은 그가 자신의 삶이 어떤 이야기를 건넬지 귀를 기울이는 것뿐이다. 그는 앞으로 어떤 종류의 이야기를 듣게 될까. 지긋지긋한 세계에 적의를 가지고 그것의 구조를 여실히 까발린 이야기일까, 독자적인 영혼이 빚은 삶의 형식을 통해 통합적인 현실 질서에 균열을 내면서 다층적 현실을 환기하는 이야기일까, 아니면 비록 공허한 삶에 빠졌을지라도 특별한 기대나 의식도 없이 만남의 과정에 참여함으로써 결국 끝끝내 회피할 수 없는 자신의 삶을 목도하는 이야기일까. 어떤 이야기이든 그것이 진정 오랫동안 삶을 견뎌온 자가 들려주는 것이라면 현실 질서가 이미 내정해준 의미의 자리와는 멀리 거리를 두고 있을 것이다. 반면, 허술하고 나약한 모습을 자주 보이지만 때때로 한순간 불가해한 모습으로 전변하여 우리를 전율하게 만드는 삶과는 밀착되었을 가능성이 크다. 이 두 면모는 정영수의 소설에도 그대로 적용할 수 있는 말이다.

宋鐘元 | 문학평론가

나는 곧잘 지겨워하는 편인데 어느 정도냐면 벌써 인생에 질려 버렸다. 사는 건 참 지긋지긋한 일이다,라는 생각을 자주 한다. 처음 병원에 갔을 때 의사는 내가 조울증이라고 진단했는데 요즘은 어떤가 하면 조증이 사라진 지는 오래되었고 울증만 빈번하게 겪고 있다. 이제는 약을 끊었고, 그래서인지 밤에 잠이 오지 않는다.

세상에는 글쓰기 행위의 자기치유 효과에 대한 신화가 광범위하게 퍼져 있는데 아무래도 속은 것 같다는 생각이다. 소설을 쓸 때면 나는 많이 외로웠고 자주 우울해졌다. 그리고 늘 화가 났다. 소설을 쓰지 않을 때에는 그나마 조금 나았다. 그럼에도 계속 쓰게 되는 건 이상한 일이지만 그렇게 된다. 어쩌면 내게 피학적인 성향이 있는지도 모르겠다. 그럼에도인지 그래서인지 궁금하지만 궁금하지 않기도 하다. 어쨌든 쓰고 있다.

이 책에 실린 소설들은 2013년 여름부터 2016년 가을까지 썼다. 이번에 다시 읽어보는데 내가 이 소설들을 썼다는 게 이상하다는 생각이 들었다. 소설을 쓰기 시작했을 때만 해도 나는 내가 무엇을 쓰게 될지 몰랐다. 쓰면서도 무엇을 쓰고 있는지 모를 때가 많았다. 어떤 이들은 하고 싶은 말이 있어서 쓰기 시작한다는데 나는 쓰고 싶어서 무슨 말을 할지 고민하는 편이다. 소설을 다 쓰고 나면 내가 이런 말을 하고 싶었구나, 하고 생각하게 된다. 그러니까 쓰고 나서 원래 나는 이런 이야기를 쓰고 싶었어,라고 슬쩍 얘기해도 거짓말은 아니겠지. 이런 것도 나쁘지 않다고 생각한다. 실은 내심 이런 게 더 좋지 않나, 하고 생각하고 있다.

「레바논의 밤」의 도입부에 삽입된 우화는 밀로라드 파비치의 『하자르 사전』에서 가져온 것이다. 완전히 같지는 않고 그와 비슷한 내용이 등장한다. 제사는 『오스카 와일드 작품선』(정영목 옮김, 민음사)에서 인용했다. 「애호가들」에서 대학원의 모습을 그리는 데 손예린에게 도움을 받았다. 「하나의 미래」에 등장하는 오하나의 이름은 오하나 씨에게 빌렸다. 물론 빌린 것은 이름뿐이다. 「여름의 궤적」의 제목은 소설가 김봉곤이 오래전에 쓴 단편에서 가져왔다. 해설을 써주신 송종원 평론가, 추천의 말을 써준 최정화 소설가, 꼼꼼히 원고를 손봐주신 이선엽 편집자, 내가 쓴 모든 소설을 읽어준 서유경에게 감사한다.

나는 곧잘 지겨워하는 편인데도 요즘은 꽤나 의욕적으로 쓰고 있다. 사는 건 참 지긋지긋하다고 생각하면서도 요즘은 꽤나 의욕적으로 살고 있다. 이상하지만 이상하지 않기도 하다.

2017년 4월
정영수

| 수록작품 발표지면 |

레바논의 밤 ⋯⋯『창작과비평』 2014년 가을호

애호가들 ⋯⋯『창작과비평』 2015년 가을호

하나의 미래 ⋯⋯『현대문학』 2016년 2월호

여름의 궤적 ⋯⋯『문학들』 2016년 여름호

음악의 즐거움 ⋯⋯『악스트』 2016년 9-10월호

특히나 영원에 가까운 것들 ⋯⋯『문예중앙』 2016년 겨울호

북방계 호랑이의 행동반경 ⋯⋯『세계의 문학』 2015년 봄호

지평선에 닿기 ⋯⋯『문장 웹진』 2016년 7월호

애호가들

초판 1쇄 발행 • 2017년 4월 24일
초판 4쇄 발행 • 2022년 11월 10일

지은이 / 정영수
펴낸이 / 강일우
책임편집 / 이선엽
조판 / 박아경
펴낸곳 / (주)창비
등록 / 1986년 8월 5일 제85호
주소 / 10881 경기도 파주시 회동길 184
전화 / 031-955-3333
팩시밀리 / 영업 031-955-3399 · 편집 031-955-3400
홈페이지 / www.changbi.com
전자우편 / lit@changbi.com

ⓒ 정영수 2017
ISBN 978-89-364-3747-3 03810